Montpellier, 27 août 2013

Vanessa Schneider est journaliste politique. Elle est l'auteur d'un essai, d'un film documentaire et de quatre romans.

DU MÊME AUTEUR

La Déprime des politiques
essai
Seuil, 2001

La Mère de ma mère
Stock, 2008
et « Points », nº P2248

Tâche de ne pas devenir folle
Stock, 2009
et « Points », nº P2668

Le jour où tu m'as quittée
Stock, 2014

Vanessa Schneider

LE PACTE DES VIERGES

ROMAN

Stock

TEXTE INTÉGRAL

ISBN 978-2-7578-2991-2
(ISBN 978-2-234-06412-6, 1re publication)

Lana

Que voulez-vous savoir au juste ? Mes secrets vous ne les aurez pas. Je peux seulement vous raconter deux ou trois choses sur comment tout cela s'est passé. Ça va, ne faites pas cette tête. Vous devriez être contente. Vous voilà ici, chez moi, c'est ce que vous vouliez, non ? Alors ne vous gênez pas, posez vos questions. Je suis lycéenne et enceinte. Une gamine avec un gros ventre, c'est ce que vous pensez, j'en suis sûre. Ça a l'air de vous plaire les simplifications. Je ne pensais pas que ça ferait tout un foin cette histoire. Je ne comprends pas pourquoi on nous ennuie avec ça. Il n'y a pas d'âge légal pour avoir un enfant à ce que je sache. J'ai quinze ans. Je sais je fais plus, mais j'en ai connu des vertes et des pas mûres et croyez-moi, ce que j'ai vécu, ça use. En fait je ne les aurai que dans quatre mois, pour la naissance du bébé. Quinze, ça fait mieux que quatorze pour être mère, non ?

Je ne sais pas pourquoi je vous parle, je ne suis pas sûre que votre tête me revienne, en fait. Je n'aime pas les rousses. Ni les femmes qui portent des lunettes. Si vous m'aviez précisé ça au téléphone, je veux dire pour la couleur de cheveux, je ne pense pas que j'aurais accepté de vous voir. C'est naturel ou c'est une teinture ? Bon, je vois, vous êtes du genre « Je ne parle pas, je suis là pour écouter », j'en ai fréquenté des femmes comme vous. J'ai été en foyer, j'en ai vu défiler des nanas qui essayaient de me tirer les vers du nez. Je perçois bien les gens, vous savez. Je fonctionne à l'instinct, j'y ai été contrainte. Je n'ai jamais pu faire confiance à quiconque, sauf aux filles de la bande. Elles, elles savent vraiment qui je suis, elles connaissent tout de mon âme, elles m'apprécient ainsi. Avec les autres, les gens de l'extérieur, avec vous par exemple, je joue les dures. C'est plus simple. Je vous expliquerai pourquoi je suis comme ça un autre jour, si on se revoit.

Depuis la parution de ce foutu article de *Time Magazine*, ils sont tous venus. Des journalistes du *Gloucester Diary* d'abord, puis d'autres, de Boston, et de New York aussi. Ça vous épate, hein ? Il y a eu la radio, la télé, et même des reporters pour Internet. Je ne savais pas qu'ils avaient des reporters sur Internet. Ils sont à peine plus âgés que nous, mais ils se laissent pousser la barbe pour avoir l'air vieux. C'est un peu ridicule si vous voulez mon avis. Bref, ils voulaient nous voir, faire des interviews, nous photographier, nous filmer. « Même de dos, ça ira », ils disaient. Enregistrer nos voix. Ça nous a fait bizarre. D'habitude, il n'y a pas grand monde qui vient jusqu'ici. Il faut dire qu'il ne se passe jamais rien de spécial à Gloucester. Nos vies n'intéressent personne. Du moins jusqu'à maintenant. La Fox a proposé de payer pour qu'on raconte. Mais on n'a pas voulu. On s'est concertées, on s'est parlé. On a décidé de ne pas le faire. Kylie a failli dire oui, mais je l'ai regardée droit dans les yeux. Je lui ai dit : « Tu ne peux pas choisir toute seule, on a toujours fait les choses ensemble. » Elle a fini par approuver. En même temps, je comprends qu'elle ait été tentée. Son père s'est barré avec une pouffiasse quand elle était petite et sa mère galère avec trois boulots pour payer les traites de la baraque. C'est vrai qu'elle en aurait eu bien besoin des chèques de la Fox, Kylie, ne serait-ce que pour le bébé. Il paraît que ça coûte pas mal de pognon en fait. Rien que pour les couches, des centaines de dollars par an ! Mais on lui a toutes dit, enfin, surtout moi, qu'il ne fallait pas s'en faire pour ça. On va s'arranger autrement. On va se débrouiller. L'argent de la Fox aurait tout sali.

Que voulez-vous que je vous raconte ? Quelle histoire ? On ne sait jamais ce que vous avez envie d'entendre, vous, les journalistes. Pour l'instant, on a tenu, on a laissé dire. Tout le monde a parlé sauf nous : le maire, les profs, le shérif, même des psys !

Celle du lycée, elle en a profité pour se mettre en avant ! Ça ne m'a pas étonnée, c'est bien son genre. Et d'autres, des gens qui ne nous connaissent pas pour la plupart, qui ne nous ont jamais vues. Mais ils avaient tout compris, évidemment. Tout le monde a gobé leur blabla. Ils se sont mis d'accord sur une version « acceptable ». Ils ont dit : « Il n'y a pas eu de pacte. » Ils l'ont assuré, juré, la main sur le cœur. Ils ont invoqué le hasard. Et puis quoi encore ! Dix-sept d'un coup, tu parles d'un hasard ! On a bien rigolé. Des connards.

Ça ne regarde personne ce qui s'est passé. C'est entre moi et les filles, c'est tout. Je vous cause à vous parce que vous m'avez promis que ça ne paraîtrait pas dans les journaux, et moi, je crois en la parole des gens. Je vous préviens, je raconterai ce que je veux, je ne dirai pas la vérité, toute la vérité comme ils jurent dans les séries télé. Il faut accepter le deal. C'est ça ou rien. Et n'essayez pas de nous monter les unes contre les autres. Si les filles vous rencontrent, c'est parce que je l'aurai décidé. À la moindre embrouille, on arrête tout. Compris ? Et c'est pas la peine de me regarder comme ça. Quoi qu'il en soit, on n'a rien fait de mal, OK ? Pas grand-chose en tout cas, ils s'en remettront. Qui « ils » ? Vous comprendrez plus tard, ou peut-être pas.

Sue

Si je vous parle, c'est à cause de Lana. C'est un peu elle qui décide. Enfin, qui décidait. Car depuis qu'ils savent qu'on attend des bébés, ils font tout pour nous empêcher de nous voir. Heureusement, il y a le lycée. On se retrouve aux intercours dans notre « coin ». Je ne sais pas si je peux vous dire où c'est. Il faudrait que je voie ça avec Lana.

J'ai une faveur à vous demander : surtout pas un mot à ma mère ni à mon père. Sinon, j'arrête tout. De toute façon vous m'avez dit que vous changerez les noms dans le bouquin. Ça me fait drôle quand j'y pense. On va se retrouver dans un livre. Comme des héroïnes. Peut-être même qu'il y aura un téléfilm ensuite sur notre histoire. Vous trouvez vraiment ça si incroyable ce qui nous arrive ? Dans votre pays, les filles ne font pas d'enfants aussi jeunes, j'imagine. Et puis c'est vrai, on a fait fort. Dix-sept en même temps, c'est pas mal. Franchement, on ne s'attendait pas à être si nombreuses. Et encore, je ne sais pas s'ils n'en oublient pas une ou deux. Comme Sally Robinson qui a déménagé soudainement en milieu d'année. Ses parents n'ont rien dit aux voisins. Sa mère connaissait la mienne, elles appartenaient à la même paroisse, une bonne croyante d'ailleurs. Toujours prête à confectionner des paniers de cookies et à donner un coup de main aux uns ou aux autres. Elle était très sociable, souriante avec ses lunettes vert pomme et sa petite coupe au carré parfaitement laquée. Les Robinson organisaient souvent des barbecues avec des gens du quartier. Ils préparaient des salades géantes et des pommes de terre rôties pour accompagner les grillades. Pour le dessert, on se régalait de glaces Ben & Jerry's sorties tout droit du congélateur. Il n'y avait jamais une goutte d'alcool à table, juste des jus et des sodas. Je me souviens de mon père qui disait : « Elle aura sûrement sa place au paradis, mais elle pourrait tout de même nous payer une bière. » Celle-là, je ne sais pas combien de fois il l'a sortie. Les Robinson faisaient tout pour être bien vus de la communauté. Ils n'étaient là que depuis quatre ou cinq ans et on sentait qu'ils voulaient s'intégrer. Ça ne les a pas empêchés de se sauver en douce. Sally n'a prévenu personne, même pas sa meilleure copine Aretha, pourtant elles étaient inséparables ces deux-là. Ils sont partis au petit matin, un dimanche, comme des voleurs, sans laisser d'adresse. On en est tous restés comme deux ronds de flan. Un camion de déménagement est passé une semaine après pour prendre leurs meubles. Au lycée, le proviseur nous a juste dit : « Sally nous a quittés, sa famille a déménagé en Floride, elle a téléphoné pour nous annoncer la nouvelle. » Et voilà, disparus, du jour au lendemain. Peut-être que vous avez raison, ça n'a aucun rapport, mais ça m'étonnerait. De toute façon ce n'était pas une copine à nous, alors on s'en fichait un peu. On n'a pas cherché à creuser l'affaire. Même Kylie, qui pourtant l'avait surprise en train de vomir aux toilettes. Elle nous a raconté que Sally lui avait fait un clin d'œil après s'être rincé la bouche. Enfin, entre ce que dit Kylie et la réalité… Je l'aime bien, ce n'est pas ça, mais bon, elle parle beaucoup et souvent pour dire n'importe quoi. J'ai essayé une fois d'en toucher un mot à Lana, elle m'a aussitôt envoyée promener : « Quand tu auras la classe de Kylie, tu pourras toi aussi te permettre de dire des conneries. » Je m'en souviens encore parce que ça m'a vexée à mort même si je le reconnais tout net : entre Kylie et moi, question allure, il n'y a pas photo.

Au fait, vous êtes vraiment sûre que personne ne pourra m'identifier ? Je veux être totalement incognito, c'est ma condition SINE QUA NON. C'est bien comme ça qu'on dit, non ? Lana, elle s'en fout, son père est parti vivre avec sa bouteille comme on dit chez moi. Quant à sa mère, elle est assommée par les médicaments. Maman, elle me répète toujours que quelqu'un a dû faire quelque chose de mal il y a longtemps dans cette famille pour qu'il lui arrive autant de tuiles. Puis, avec son petit ton, elle ajoute que Dieu leur pardonnera car Il pardonne toujours aux plus faibles. Chez moi, la religion est hyper importante. Nous faisons partie d'une paroisse très active. Maman va tous les jours à l'église sauf quand papa a besoin d'elle au magasin. Mon père tient une quincaillerie. Il vend de tout, des clous, des planches, des ampoules. Ici, les gens sont très bricoleurs, les hommes savent tout faire. Ils arrangent eux-mêmes leurs maisons. Certains la construisent de leurs propres mains. Papa dit qu'il en serait capable s'il était dans le besoin, mais, Dieu merci, ça va pour nous.

Il y a trois ans, deux jeunes drogués ont attaqué le magasin. Quoi, en tout cas, c'est ce que papa a cru. Ils sont d'abord entrés comme si de rien n'était, ils ont regardé les étagères pleines de boîtes de vis et d'écrous, les pots de peinture, les vernis. Papa a tout de suite vu qu'ils n'étaient pas nets ces deux-là. Il a l'œil pour ça. Il n'aime que les gens droits comme il dit, ceux qui ne font pas d'histoires et qui respectent les commandements de Dieu. Il n'apprécie pas Kylie, par exemple, il pense qu'elle est une mauvaise fréquentation pour moi. Il la trouve vulgaire parce qu'elle se maquille depuis qu'elle a onze ans.

Moi je n'ai pas le droit, mais bon, je le fais quand même. En cachette. J'ai glissé un tube de rouge dans la doublure de mon sac et j'en mets en douce dans les toilettes du lycée. Le soir, j'enlève tout avec un Kleenex. Une fois j'ai oublié. Une seule fois, je vous jure, je n'ai pas recommencé, après, j'ai fait carrément attention. Papa est devenu blême en me voyant entrer dans le salon. Il m'a traitée de traînée et d'autres noms que je n'oserais pas vous répéter. J'ai répondu que c'était la première fois et il m'a dit que oui, en effet, c'était la première fois que je le prenais pour un imbécile et aussi la dernière. Là-dessus il m'a collé une baffe dont je me souviens encore. « Je ne suis pas certaine que le bon Dieu approuve qu'on frappe ses enfants », je lui ai balancé, « ni qu'on tue un homme », j'ai ajouté, rapport au cambriolage qui a mal tourné et que je vous raconterai une autre fois. Et là, il m'en a mis une deuxième en pleine poire. J'avais la joue qui brûlait. J'ai encore mal quand j'y repense. Maman a crié, mais elle n'a rien dit pour me défendre, et moi je suis allée pleurer dans ma chambre. Vous captez du coup pourquoi je vous préviens qu'il ne faut ABSOLUMENT pas que mes parents découvrent ce que je vous raconte. Ils ne comprendraient pas. Ils ne veulent pas savoir de toute façon. Ils disent que le bébé est un enfant de Dieu et qu'il a toute sa place dans la famille. Le pourquoi du comment, ils n'en parlent jamais. Ils ne m'ont posé aucune question.

Ça m'arrange au fond. Je serais bien embêtée si je devais donner des explications. En fait, je ne suis pas sûre d'avoir pigé tout ce qui s'est passé ces derniers mois.

Cindy

Peut-être qu'une autre vous expliquera comment tout ça a commencé. Moi je n'ai pas trop envie de m'y risquer. On s'est mises d'accord sur un certain nombre de choses. Ce qui est vrai, c'est qu'il y avait un plan. Mais le reste… Il y a beaucoup de hasards aussi dans toute cette histoire, et ça ne nous déplaît pas. Ça brouille les pistes comme dirait Lana. Lana, elle est centrale dans le groupe, j'imagine que vous l'avez compris. C'est un peu le cerveau de la bande. Elle a le même âge que moi, mais elle est super mature. Beaucoup plus que Sue, par exemple, ou que moi, même si par rapport à Sue, j'en connais un rayon sur la vie. Je suis croyante comme elle, mais mes parents sont moins tarés que les siens. Quand je dis « mes parents », c'est ma tante, en fait, c'est elle qui m'élève. On vit ensemble depuis que j'ai été récupérée par les services sociaux. Attention, ce n'était pas ma faute, hein ? N'allez pas croire que je suis le genre de fille qui fait n'importe quoi. Je n'ai jamais fugué, jamais rien fait d'illégal sauf peut-être parfois avec Lana et les autres, mais je ne suis pas sûre qu'il soit « judicieux » d'en parler comme dirait ma tante. Mon père a eu des petits problèmes avec la justice et ma mère a préféré se barrer en Californie avec un plombier plein aux as. Il s'était installé ici à Gloucester, mais il avait bien fait savoir à tout le monde qu'il ne resterait pas dans un trou pareil. Il appelait les gens d'ici « les ploucs » et il disait que dès qu'il aurait gagné un peu de pognon, il irait voir ailleurs, dans un endroit qui puerait un peu moins le poisson et où le soleil brillerait tous les jours. Ma mère l'a fait venir un jour parce que la fosse septique débordait, je ne vous dis pas le carnage. On avait littéralement les pieds dans la merde, mais, bizarrement, maman est allée se changer avant qu'il arrive. J'aurais dû me méfier. En y repensant, c'était un indice. À mon avis, elle l'avait déjà repéré. Elle avait mis sa petite robe à carreaux qui lui moulait les fesses, la rouge et verte. Celle qu'elle portait avec papa pour aller au drive-in avant qu'il ne se fasse pincer. Sauf que c'est une robe d'été et que là, on était en plein hiver. À peine avait-il franchi la porte que maman sortait le grand jeu au plombier. Elle lui a d'emblée offert une tasse de café et des biscuits. Il s'est installé dans la cuisine et il n'a pas touché à la fosse, il a dit qu'il enverrait un de ses gars plus tard. De fil en aiguille, ils ont passé une bonne heure à causer et j'imagine qu'après ils se sont filé rencard.

Deux mois plus tard ma mère nous a pris entre quat'z'yeux mon frère et moi et elle nous a dit : « Il faut que vous me compreniez, je dois m'en aller. À cause de votre père, je ne peux pas faire autrement. Jo est la chance de ma vie. Je suis désolée mes petits. » Je ne comprenais rien à ce qu'elle disait tellement elle parlait vite et c'était beaucoup plus confus que comme je vous le raconte maintenant. Mon petit frère s'est mis à pleurer parce qu'il a senti qu'il se passait quelque chose de grave et aussi parce qu'il avait vu la valise de maman dans l'entrée. Alors ma mère a commencé à chialer aussi, son Rimmel lui coulait sur les joues, ça me dégoûtait. Je n'ai pas bronché même si j'avais tout pigé. Maman me fixait droit dans les yeux à travers ses larmes et elle n'arrêtait pas de répéter : « Tu es grande à présent, tu peux t'occuper de Bobby, je vous enverrai de l'argent par la poste. » Elle a pris sa valise et je l'ai vue la mettre dans la voiture de son nouveau mec, un gros 4×4 de frimeur. Elle est partie sans même se retourner. J'avais onze ans, mon frère huit.

Vous y croyez, vous, qu'on puisse laisser ses gamins comme ça ? Eh bien elle l'a fait. Qu'est-ce qu'elle s'imaginait ? Que les services sociaux allaient laisser deux enfants dans une baraque à moitié en ruine ? Que personne n'allait nous dénoncer ? C'est la mère de Sally Robinson qui a repéré notre manège au bout de quelques semaines. Elle me voyait toujours toute seule, au lycée, à l'école de

Bobby et au supermarché où j'achetais essentiellement des sodas et du beurre de cacahouète pour calmer les angoisses de mon petit frère qui pleurait la nuit. Un jour, alors que je rentrais à pied avec mes sacs en papier dans les bras, elle s'est arrêtée et elle m'a fait monter dans sa voiture. « Mais où sont tes parents Cindy ? » elle m'a demandé. Et là, je ne sais pas ce qui s'est passé. Je n'avais pas l'intention de lui dire quoi que ce soit, mais c'est sorti tout seul, je me suis mise à sangloter et j'ai tout balancé. Ensuite, elle m'a emmenée chez les flics parce qu'il y avait quelqu'un de gentil qu'elle connaissait là-bas et c'est lui qui a prévenu l'assistante sociale. Je vous épargne le reste, ce n'est pas super drôle : le foyer puis tatie Jenna qui nous a récupérés et chez qui on est maintenant. Lana me dit toujours que, dans un sens, c'est pas plus mal pour moi tout ce qui m'est arrivé. Ma tante est quelqu'un de bien, pas comme ma mère ni comme celle de Lana qui est complètement à l'ouest et reste assise toute la journée devant la télé. Jenna est institutrice à Gloucester et elle n'a jamais eu d'enfants. Elle n'a pas eu de chance avec les hommes. Un peu comme ma mère, avant qu'elle ne rencontre Jo. Jenna, elle n'est tombée que sur des bons à rien – pourtant elle est jolie, une petite brune boulotte toujours en pantalon –, alors elle a préféré rester seule. « Mieux vaut être célibataire que mal accompagnée », c'est ce qu'elle répète tout le temps. Elle s'est battue pour nous avoir mon frère et moi, parce qu'au début, les services sociaux ne voulaient pas. Ils disaient qu'elle avait un appartement trop petit. Alors elle a déménagé, elle en a pris un avec une chambre de plus en plein centre-ville, à deux pas de l'école, et ils ont fini par céder. Tant mieux, parce que le foyer, ce n'était pas trop mon truc. La seule chose de bien qui me soit arrivée là-bas, c'est ma rencontre avec Lana. Elle y a passé quelques mois à un moment où ses parents avaient plus ou moins disparu de la circulation. On ne peut pas dire que ça s'est vraiment arrangé, mais les services sociaux l'ont renvoyée chez elle. Lana dit qu'elle sait pourquoi : ils ont coupé des crédits, d'après ce qu'elle a entendu à la télé, et ils ont été obligés de fermer des lits. Seuls les cas les plus graves pouvaient rester. Et ils ont estimé qu'elle ne rentrait pas dans cette catégorie.

Pour en revenir à tatie Jenna, c'est vrai qu'elle est vraiment extra avec nous. C'est grâce à elle qu'on n'a pas décroché de l'école. Elle nous fait faire nos devoirs, elle nous mijote des petits plats, du poulet frit et de la salade de maïs. En échange, il faut qu'on l'aide pour les tâches ménagères : vaisselle, linge, sols, carreaux, tout ça c'est pour nous. Le soir, on fait des parties de cartes en regardant des jeux à la télévision. C'est chouette, mais parfois ça me manque de ne pas voir mes parents, je vous jure. Même si on peut rêver mieux comme famille, je pense à eux et ça me serre dans la gorge. Quand je lui en parle, Lana dit que c'est pour ça qu'on est là, toutes ensemble, les filles de la bande, que les secrets ça réchauffe et qu'on est plus fortes à plusieurs.

Kylie

Bonjour, je m'appelle Kylie comme Kylie Minogue, la chanteuse australienne, vous connaissez ? Elle est trop belle. Moi, on me dit que je ne suis pas mal non plus, même si je préférerais être blonde comme ma mère. C'est elle qui m'a donné ce prénom. Dans ma famille, on adore tous Kylie. On connaît ses chansons par cœur et toutes les chorés qui vont avec. « Elle mesure un mètre cinquante, mais c'est la plus grande ! » dit toujours maman d'un air super admiratif. Vous avez vu comment elle a surmonté son cancer ? Putain, on a vraiment cru qu'elle allait y passer parce que pour qu'ils avouent à la télé qu'une star est malade c'est que vraiment c'est hyper grave. À un moment on a même pensé qu'elle était morte. Maman allait tous les jours sur des sites de fans et un crétin avait écrit un poème lugubre sur l'au-delà. Elle en a déduit que ça y était, Kylie n'avait pas tenu le coup. Elle s'est mise à chialer comme une gosse. Je lui ai dit : « Putain, maman, reprends-toi, ne te laisse pas aller comme ça devant les filles » – je parle de mes deux demi-sœurs de six et trois ans. Elle m'a répondu, la morve au nez, que putain, il fallait que j'arrête de dire ce p… de mot. Je lui ai fait remarquer que si elle-même ne le disait pas tout le temps, ça serait plus facile, mais elle m'a expliqué que j'étais encore jeune et que je devais faire des efforts, moi, pour mieux parler. On a tout de suite allumé la télé, mais il a fallu des jours à ma mère pour admettre que notre chanteuse préférée allait survivre. Puis Kylie est réapparue, plus belle que jamais, perchée sur ses talons aiguilles laqués rouges, avec de grandes lunettes mouche et un joli foulard en soie noué sur la tête pour cacher la perte de ses cheveux. Elle était tellement belle que ça donnerait presque envie de choper un putain de cancer, je vous jure.

Au fait, je suis en train de vous parler, là, mais ce n'est pas du tout ce que vous voulez entendre, non ? Donc, tout ça pour dire : j'ai seize ans, enfin très bientôt, je suis la plus âgée de la bande. J'ai redoublé une classe, c'est comme ça que je me suis retrouvée avec les filles. Vous avez vu Lana ? Ben oui, j'suis bête, c'est elle qui a un peu tout organisé. Et qui encore ? Cindy ? Sue ? Alors là, moi, Sue, je n'ai jamais trop compris pourquoi elle était avec nous. Elle est super croyante et ses parents, je ne vous en parle même pas : antiavortement et tutti quanti. C'est ce qui l'a sauvée du drame, d'ailleurs, parce que s'ils n'avaient pas eu ces convictions religieuses à la con, je suis sûre qu'on n'aurait jamais revu la petite Sue. Dans un trou, elle aurait fini. Il paraît que son père a tué un homme ! Moi, il me fout les jetons ce mec. Je lui trouve un truc pas net dans le regard. Je sais, ça ne veut pas dire grand-chose, mais c'est archivrai, il me file des frissons quand ses yeux se posent sur mes jambes. Il faut dire que je suis tous les jours en short. Ce n'est pas que j'aurais regretté Sue à mort. Comme vous l'avez compris – car vous avez l'air assez futée même si vous ne dites rien –, Sue et moi ce n'est pas le grand amour. Ça m'étonne qu'une fille comme Lana si belle et si intelligente puisse se coltiner une sotte comme elle. C'est un mystère pour moi, mais des mystères, vous pouvez le constater, il y en a pas mal à Gloucester.

Donc, j'ai seize ans et, pour tout vous dire, je suis un peu considérée comme la plus chouette fille du lycée. L'année dernière, les garçons ont fait une espèce de concours où chacun votait pour la nana la plus sexy du bahut et devinez qui ils ont choisi ? Kylie bien sûr ! J'ai raconté ça à ma mère et elle m'a dit que c'était génétique, de mère en fille, quoi. Maman, elle a été Miss Colorado avant ma naissance et ce n'est pas rien, je vous jure. C'est une putain de compétition avec des milliers de filles venues de tout l'État, pas le genre de truc riquiqui comme il doit y en avoir dans votre pays. Je ne veux pas être insultante, soyons claires. Vous ne l'avez pas mal pris ? Maman dit toujours qu'il faut être très respectueux avec les gens qui viennent d'ailleurs, même avec les Noirs. Je me suis toujours demandé ce que les Noirs pouvaient bien venir foutre là-dedans puisqu'ils sont chez eux quand même, mais avec maman, quand on ne comprend pas quelque chose, il vaut mieux laisser tomber sinon elle se lance dans de grandes explications et après c'est pire. Tout ça pour dire que j'ai pris de ma mère : yeux bleu-gris, taille haute, et sourire en toutes circonstances. Tout ce qui plaît aux garçons, quoi. Là, c'est sûr, vous ne pouvez pas bien vous rendre compte. Avec le bébé, j'ai déjà pris douze kilos. Je n'ai pas l'impression de manger plus, mais je gonfle à vue d'œil. C'est un peu déprimant. Mais attention, d'habitude, je ne suis pas comme ça. Vous voulez voir à quoi je ressemble en vrai ? Ne bougez pas, je vais chercher une photo. Non, non, ça ne me dérange pas du tout ! Et puis, peut-être que vous pourrez la mettre dans votre bouquin ? C'est pas ce genre de livre ? Alors, c'est quoi ce genre de livre sans photos ? Un truc chiant, on dirait. Je me demande si j'ai bien fait de vous parler finalement.

Lana

Depuis quand on se connaît ? Moi et Kylie, un peu depuis toujours. Quand sa mère a emménagé avec son deuxième mari, ils se sont installés dans la maison à côté de la nôtre. Je me souviens, au début j'avais un peu honte parce que mon père beuglait comme un âne dès qu'il avait bu. Ce n'était pas qu'il était vraiment méchant, non. Il n'a jamais frappé personne, mais il criait, il nous hurlait dessus pendant des heures et des fois, je vous jure, j'aurais préféré qu'il me foute une bonne trempe et qu'il se taise. Mon père buvait du bourbon la nuit et de la bière la journée. Je n'ai pas le souvenir de quand ça a commencé mais tout ce que je sais, c'est que je ne l'ai pas toujours connu comme ça. Quand par hasard il se retrouvait en rupture de stock, je ne vous raconte pas la crise. Dans ces cas-là, ma mère m'envoyait dare-dare à la supérette pour acheter des packs de quarante. Que des canettes, pas de verre, ça se casse, ça fait du bruit, et ma mère, elle ne supporte pas le bruit. Très souvent, mon père s'écroulait par terre et il fallait le ramasser. Il était lourd, je n'avais que huit ans. Maman disait : « Pardon, ce n'est pas des choses à voir pour une petite fille de ton âge », mais elle me laissait quand même regarder et moi je haussais les épaules, je me disais que si c'était pour être nunuche comme les autres filles de ma classe, je préférais encore voir des choses pas de mon âge. Quand mon père dessoulait, ce qui lui arrivait plutôt rarement, il faut bien l'avouer, il était tout gentil. Il me brossait les cheveux pendant des heures et m'appelait sa « petite gitane » à cause de mes grands yeux noirs et de ma tignasse de la même couleur. Quelques heures plus tard, il reparlait à ses canettes et il ne faisait plus attention à moi, alors je remontais dans ma chambre pour ne plus entendre ses hurlements.

Il paraît qu'un jour, il y a très longtemps, c'était un gars bien. En tout cas, c'est ce que dit son frère qui est coiffeur à Gloucester et qui me fait des coupes gratos de temps en temps lorsque vraiment je ne ressemble plus à rien. Il s'appelle George, il est très gentil. Ma mère est persuadée qu'il est gay parce qu'il n'a pas de femme et à cause de son métier. Je lui réponds qu'on n'en sait rien, et puis de toute façon, on n'en a rien à faire, ce ne sont pas nos oignons. Donc, d'après lui, mon père a été un type respectable. C'était du temps où il travaillait sur un gros chalutier. Il partait des semaines entières pêcher la morue au grand large. Il revenait épuisé, mais avec une bonne paie dans la poche. À l'époque, la plupart des jeunes de Gloucester embarquaient sur les bateaux. Les vieux racontent que dans la rue, il n'y avait plus que des femmes et des gosses, les hommes étaient tous en mer. Et puis les navires sont devenus de plus en plus gros, de plus en plus perfectionnés pour pêcher chaque année davantage de morues, et la production s'est tellement intensifiée qu'un jour, on n'a plus trouvé de morues. Les filets sont ressortis chaque matin moins chargés que la veille. Au début, ils sont allés plus loin, en se disant, ce n'est pas possible, ils doivent se cacher quelque part ces crétins de poissons. Mais il a fallu se rendre à l'évidence : il n'y en avait plus. Fini. Terminado. Alors les bateaux ont débauché les uns après les autres et ils ont été vendus. Les hommes faisaient la queue devant la halle aux poissons pour toucher leur ultime prime, le prix de leur licenciement. Il y en avait qui fanfaronnaient, qui faisaient des blagues comme mon père, mais la plupart avaient la tête baissée et le regard triste. La crise a commencé. C'était très dur. Les femmes se sont mises à travailler, le port est devenu un lieu de tourisme et ça a créé des emplois. Vous voyez, tous les cafés et les jolis restaurants installés sur la digue, ça date de cette époque. Ça marche du feu de Dieu, surtout du vendredi au dimanche quand les gens de Boston viennent en week-end. Tout ça, ils nous l'ont expliqué à l'école, ils nous ont dit que c'était important que l'on connaisse l'histoire de notre région. La plupart des hommes ont retrouvé du travail dans les usines du coin, mais en même temps les usines ça n'est pas le pied non plus : les salaires sont bas et rester vissé à son siège, ce n'était pas un truc pour mon père. Alors, il est rentré à la maison et il a commencé à boire devant la télé. J'étais petite et j'entendais ma mère lui dire : « Tu ne voulais pas être coincé sur un tabouret à l'usine et te voilà scotché au canapé, tu parles d'une promotion ! » Ça, c'était quand elle parlait encore ma mère, car très vite ça a été fini, elle n'a plus dit un mot, mais c'est une autre histoire, je vous raconterai la prochaine fois.

Kylie

Je sais ce que vous pensez : je suis la plus jolie des filles. Mais je vais vous dire, la vraie beauté, c'est Lana. Pas au sens où l'entendent les garçons bien sûr. Elle n'a pas de seins, elle ne se fait pas les ongles, mais elle a quelque chose de sauvage, de félin, qui me rappelle Jennifer Lopez. Vous connaissez Jennifer Lopez ? Elle était avec cette bombe de Ben Affleck, qui est maintenant avec Jennifer Garner, l'actrice de la série *Alias*. Du coup, Lopez s'est mariée avec une espèce de gros naze, un Latino comme elle, avec la peau grêlée. Je n'ai jamais compris. Je ne me rappelle même plus son nom, c'est vous dire car, vous aurez remarqué, question people, j'en connais un rayon. Ma mère achète tous les magazines et on regarde les programmes spécialisés à la télé. Tout ça pour vous expliquer que Lana, elle est canon. Quand on s'est rencontrées on avait sept, huit ans, on était voisines. Son père n'avait pas encore disparu de la circulation, il hurlait comme un porc. Lana, elle se tapait une putain de honte dans tout le voisinage. On habitait un quartier plutôt tranquille à l'époque, du genre où les gens ne font pas d'histoires et vont à la messe tous les dimanches comme la famille de Sue. Lana, dès que je l'ai vue, je ne sais pas comment vous le dire, mais j'ai su qu'elle serait super importante dans ma vie. Son père était vautré dans le jardin, fin saoul, il s'était à moitié endormi dans un buisson. On regardait tous le spectacle, les enfants du coin. On gloussait en douce et, en même temps, on se rendait compte qu'il n'y avait rien de drôle. On se doutait bien que ce n'était pas cool pour elle d'avoir ce gros sac à bière à la maison. Et puis Lana est sortie, avec son air super fier qu'elle a encore aujourd'hui, les jambes et les bras bronzés, on était à la fin de l'été. Ses cheveux étaient noués avec un cordon rouge assorti à la couleur de son short, bordeaux foncé. Je m'en souviens comme si c'était hier. Elle est arrivée avec un broc rempli d'eau à la main qu'elle a jeté à la face de son père, pour lui éviter une insolation, comme elle me l'a expliqué plus tard. Puis, elle l'a tiré par les pieds pour le remettre à peu près droit, les bras le long du corps et la tête à l'ombre. Elle allait rentrer dans sa maison quand Max, un des gosses qui était avec nous, lui a lancé : « Ça va, c'était pas trop lourd ? » en rigolant. Le regard de Lana est devenu métallique. J'ai cru qu'elle voulait le tuer. « Viens un peu ici que je te botte le cul», elle lui a dit, et lui, évidemment, il n'est pas venu. «Lâche», a grincé Lana. Pour elle, tous les gars sont des mauviettes, des minables. Elle en a des mots pour les désigner! Lopettes, serpillières, bons à rien. Ça me fait rire, même si je ne partage pas tout à fait son avis. Moi j'aime bien les hommes, les garçons, quoi. Pas tous évidemment, je sais que beaucoup sont des nazes. Mais je suis sûre qu'il y en a de chouettes, des types gentils qui respectent les femmes, qui les bichonnent, leur font des cadeaux. Quand je dis ça, Lana me répond: «Tu regardes trop la télé avec ta mère.» Et elle ajoute: «Une chose est sûre: les mecs, on n'en aura pas besoin pour élever nos gosses.» Là-dessus, je suis plutôt d'accord avec elle.

Lana et moi, vous ne pouvez pas comprendre, on est comme des sœurs. Quand son père gueulait trop, elle rappliquait à la maison, rentrait par la fenêtre et venait se glisser dans mon lit. Elle me disait que je sentais bon parce que ma mère me parfumait les cheveux tous les matins et moi j'aimais la chaleur de ses jambes contre les miennes. Lana a des jambes à tomber, longues, musclées, dorées à point. Je lui ai longtemps dit qu'en s'arrangeant un peu, style quelques grammes de maquillage et une bonne coupe, elle pourrait concourir aux Miss. Mais c'est pas son truc, elle m'a répondu, et d'ailleurs j'aurais pu m'en douter toute seule. Lana et moi ce n'est pas des heures qu'on a passées ensemble mais des nuits, des semaines entières à faire les quatre cents coups, à parler de tout. Sauf quand elle a été envoyée dans ce putain de foyer en dehors de la ville. Je lui ai écrit dès qu'elle est partie, mais elle ne m'a jamais répondu. J'ai cru que c'était fini, qu'elle ne voulait plus entendre parler de moi, mais après, elle m'a expliqué. Elle avait d'autres chats à fouetter là-bas. Que des pimbêches sauf Cindy qui est entrée dans la bande ensuite, et puis une tripotée de salopes pour les surveiller. De vraies sadiques, je vous jure, et encore, elle ne m'a pas tout dit, j'en suis sûre. Lana, elle répète tout le temps qu'elle veut m'épargner parce que je suis trop sensible. C'est vrai que je chiale pour la moindre bêtise à la télé.

Heureusement, cette histoire de foyer n'a pas duré longtemps car, comme dit ma mère : « En Amérique, ceux qui sont dans la merde n'ont pas d'autre choix que de se débrouiller tout seuls. » Jamais l'État ne paie longtemps pour toi. Quand elle est revenue, on avait déménagé. Le deuxième mari de ma mère s'était barré et elle n'arrivait plus à s'en sortir avec les traites de la maison. On a changé de quartier et pris un endroit plus petit. C'est pour ça que je partage ma chambre avec mes sœurs. Une fois que le bébé sera là, ça ne va pas être super pratique, mais maman me dit de ne pas m'en faire parce qu'« il y a toujours une solution, dans la vie ». Avec Lana, j'étais inquiète, puis tout est redevenu comme avant.

Elle vient dormir à la maison quand elle veut, même sans prévenir, et on discute des heures entières sur le toit de la baraque. On parle de tout. Des garçons du lycée, de la bande, et, bien sûr, de ce qu'on a fait là, tomber enceintes, en même temps. Je vois votre œil se rallumer. Tout d'un coup ça vous intéresse. Vous croyez que je ne vous vois pas venir avec vos putains de questions ? Je sais ce que vous voulez savoir, ce qu'ils veulent tous savoir : est-ce que c'était prémédité ? À votre avis ? Vous qui êtes si maligne, qui avez convaincu Lana que vous étiez la bonne personne pour nous faire parler, comment vous voyez les choses ? Comme les autres, j'imagine. Vous vous dites : « Le hasard n'existe pas », « Il n'y a pas de fumée sans feu », et plein d'autres théories à la con. Je vous laisse juge. Vous ne croyez quand même pas que je suis naïve au point de tout vous balancer au bout de deux rencontres ? La petite Kylie, elle en a dans la tête, que ça vous plaise ou non.

Sue

Comment je suis devenue amie avec Lana ? Ça vous intrigue, n'est-ce pas ? C'est vrai qu'on ne se ressemble pas du tout. De toute façon, personne ne ressemble à personne dans la bande. On est toutes des filles « uniques » comme dit Lana. Chacune a son genre. C'est ce qui fait notre succès au lycée. C'est vrai, je vous assure, on est MÉGA POPULAIRES. Quand on arrive en groupe, les autres filles s'écartent sur notre passage. Je n'invente rien, je ne suis pas une mytho. Elles nous craignent, elles savent de quoi on est capables. Elles connaissent notre histoire ou en tout cas des ragots sur notre compte, elles colportent des rumeurs en riant bêtement, mais elles baissent les yeux quand elles nous croisent. Lana assure qu'elles nous respectent, sous leurs airs un peu snobs. D'ailleurs, c'est bien simple, quand elles ont compris qu'on tramait quelque chose, elles sont venues nous voir une à une pour faire partie du plan. On a dit oui à certaines, non à d'autres. À la plupart, même. C'est Lana qui rendait le verdict final. Et il y en avait des candidates ! Ça vous étonne ? On les a fait passer devant notre jury, les plus « sûres », celles qui n'iraient pas cafter. On les emmenait à la caravane, les yeux bandés pour qu'elles soient incapables de retrouver le chemin si l'envie leur prenait de revenir nous espionner. Les autres, on leur a dit qu'elles étaient mal renseignées, qu'on ne voyait pas du tout de quoi elles voulaient parler. Bref, elles se trompaient, elles n'avaient qu'à aller voir ailleurs. Je suis convaincue que c'est une de ces garces, une des recalées qui a lâché cette histoire de pacte après que nos grossesses ont été découvertes. Ça m'a causé bien du souci ce truc. Déjà, me voir enceinte, je ne vous raconte pas la tête de mes parents. Mon père était vert. Il m'a dit : « Je ne pensais VRAIMENT pas que tu me ferais un coup pareil. – Ce n'est pas avec toi que je l'ai fait papa », je n'ai pas pu m'empêcher de lui répondre, et là je m'en suis pris une sévère. Mais, bon, je ne me suis pas plainte, je l'avais bien cherchée. Quand on connaît mon père et son « émotivité » comme dirait ma mère, on ne lui sort pas des trucs pareils. Je ne sais pas ce qui m'a pris, les hormones sans doute. C'est à l'hôpital qu'ils m'ont parlé de ça. Je ressentais des trucs tout bizarres. À des moments j'étais très en colère ou très triste, puis ça s'est stabilisé, on dirait. Qu'est-ce que je vous racontais déjà ? Ah oui : après que je leur ai annoncé la nouvelle, mes parents sont allés s'enfermer dans leur chambre. Une vraie bonbonnière avec ses murs roses en toile de Jouy et son lit à baldaquin de la même couleur. Je les entendais chuchoter de l'autre côté de la cloison. J'ai même cru percevoir des sanglots, mais ça, je n'en suis pas sûre. Ils sont ressortis deux heures plus tard en se tenant par la main. Moi je faisais genre l'air de rien, je regardais la télé distraitement quand ils m'ont serrée dans leurs bras. « C'est la volonté de Dieu, a dit maman, ce que Dieu a voulu pour notre famille, nous devons l'accepter. » Dans ma tête j'ai pensé : « Ouf, heureusement qu'il y a cette putain de paroisse » comme dirait Kylie. Ce n'est pas que je ne crois pas en Dieu, bien au contraire, et je compte bien faire baptiser le bébé et tout le tralala, mais je ne suis pas aussi mordue que mes parents, c'est sûr. Entre aller à l'église et rejoindre les filles, je sais ce que je préfère, je n'hésite jamais.

Pour en revenir à Lana, c'est elle qui est venue me voir. C'était juste après le problème avec mon père au magasin. D'après ce que j'ai compris, papa s'est senti menacé par un des deux gars louches qui furetaient dans ses rayonnages. C'est en tout cas ce qu'il a raconté dans les journaux et à la télé locale, car ici le sujet est TABOU. Les types n'étaient pas du coin et ça a suffi pour éveiller les soupçons de papa. Il a dû flipper, je pense, parce qu'il a sorti sa carabine de dessous le comptoir. Papa, il a toujours une arme avec lui. Après, je ne sais pas trop bien ce qui s'est passé, mais la balle est partie. Un des deux hommes est mort sur le coup, l'autre s'est mis à hurler et il s'est tiré en courant. On l'a retrouvé quelques heures plus tard encore tremblant dans un bar du coin. Le shérif a rappliqué vite fait. Il a laissé papa fermer la boutique parce qu'il le connaissait bien et il l'a emmené pour l'interroger. Sans menottes, attention. On respecte les honnêtes gens à Gloucester. Il a passé la nuit là-bas, maman était morte d'inquiétude. Il est rentré le lendemain matin. Il a parlé de « légitime défense » et a dit : « Dieu l'a voulu ainsi. » Personne n'en a plus jamais reparlé à la maison, mais moi j'ai remarqué que papa est devenu beaucoup plus nerveux qu'avant et qu'il se réveille souvent la nuit pour siffler une petite lichette de bourbon. C'est quand je suis retournée à l'école que les choses se sont compliquées. Tout le monde parlait de « l'affaire de la quincaillerie », on était devenus célèbres mais pas vraiment dans le bon sens du terme. L'institutrice m'a dit : « Ton père a eu de la chance de s'en être tiré si facilement. Celui qui est mort avait vingt ans et n'était même pas armé. » Ça m'a choquée qu'elle s'exprime comme ça la maîtresse, est-ce qu'elle avait le droit de s'en mêler ? Je me suis bien gardée de répéter quoi que ce soit à mes parents quand je suis rentrée. Les jours suivants ça a continué de la part des autres enfants. « Ton père est un assassin », ils disaient. Il y en avait même qui le traitaient de raciste parce que le malheureux gars qui s'était pris la balle était latino, paix à son âme. Un jour, je me suis fait attraper au fond de la cour, dans un angle mort, là où les surveillants ne peuvent pas voir ce qui se passe. Je portais ma robe à pois bleus et blancs, celle que je préfère. Ils s'y sont mis à plusieurs, trois ou quatre, ils m'ont tiré les cheveux, ils m'ont rouée de coups de poing et de pied, ils criaient : « Prends ça, ton père est un salaud de tueur. » C'est là que Lana est arrivée. Avec son air de garçon manqué, elle les a bousculés les uns après les autres en distribuant des claques. Ils se sont écartés d'un coup. « Bande de nazes », elle leur a lancé. Ils avaient l'air un peu gênés. Puis elle s'est penchée vers moi et elle m'a dit : « Salut, moi c'est Lana. »

Kylie

Ce n'était pas bien compliqué de nous repérer. Pourtant, ils en ont mis du temps ! On n'en revenait pas qu'ils ne comprennent pas plus vite. De gros ringards, je vous jure. À l'infirmerie du lycée, c'était le défilé permanent. Des dizaines de filles faisaient la queue tous les mois pour demander des tests de grossesse. À peine un jour de retard de règles et hop, on filait là-bas. Celles pour qui le test était positif étaient trop contentes. Je me souviens du jour où Lana a gagné le gros lot. J'étais folle de joie, je l'ai prise dans mes bras, on criait comme des dingues. Moi ça faisait quinze jours que ça y était, et Cindy un mois, comme d'autres dont je ne parlerai pas par discrétion parce qu'elles veulent en dire le moins possible. Lana estime qu'il faut respecter le silence de celles qui le souhaitent. Je suis d'accord même si je ne vois pas pourquoi elles en font toute une histoire. Y a pas de quoi avoir honte, non ? Alors ! Pour celles pour qui ça n'a pas marché, ça a été dur. Il y en a une dont je tairai l'identité, qui s'est mise à chialer comme une Madeleine, on était embêtées pour elle. D'accord, c'était son cinquième test négatif, mais à quinze ans, ce n'est pas la fin du monde tout de même. Certaines ne savent pas relativiser dans la vie, c'est ce que ma mère me répète tout le temps. Bref, c'est ce genre de gonzesses un peu nazes qui ont attiré l'attention de l'infirmière et du médecin sur nous. D'habitude, il y a, paraît-il, une ou deux grossesses d'adolescentes par an à Gloucester. Pas plus. Là, dix-sept d'un coup, ils ont fini par avoir des doutes. Il a fallu qu'on ait toutes le ventre rond pour qu'ils réagissent ! Ils ont commencé à flipper. C'était drôle de les voir s'affoler comme des malades. Il paraît qu'il y a même eu une réunion chez le maire. Le proviseur du lycée a dit qu'il ne comprenait pas. « Les grossesses non désirées ne sont pas si nombreuses les autres années », il a déclaré au *Gloucester Diary*. Vous imaginez un peu le blaireau. On n'a jamais pu le sentir avec les filles. Il pue de la bouche et il est habillé comme un sac avec ses petites lunettes ridicules et ses cheveux gras. S'il n'était pas aussi con, il nous ferait presque pitié.

La première à s'être posé des questions c'est l'infirmière. Vous me direz, c'est un peu son job en même temps. Elle a chopé Sue, parce qu'elle a l'air d'être la plus raisonnable d'entre nous. Elle a dû se dire : celle-là, avec son air un peu nunuche, elle va tout balancer. Tu parles ! J'avoue que sur ce coup-là, elle a assuré Sue. Bien plus que pour l'histoire de la voie de chemin de fer que Lana vous racontera peut-être un jour – il n'y a qu'elle qui peut en décider. Quand la vieille a posé des questions à Sue genre : « Est-ce que tu voulais vraiment être enceinte ? », « Tu sais qui est le papa ? », « Et pour tes amies, qu'est-ce qui s'est passé, vous en avez parlé entre vous ? » elle a été exemplaire, elle n'a rien lâché. « Non madame, je ne sais pas. Ma grossesse c'est ma vie privée. Les autres ? Aucune idée ! » L'infirmière a essayé de l'amadouer style assistante sociale, je t'offre des biscuits et une tasse de café et on se parle comme deux copines, mais ça n'a pas marché. Sue nous a dit après qu'elle avait pensé super fort à Lana pour ne pas craquer, elle voulait qu'on soit fières d'elle.

Depuis, l'infirmière et le médecin ont démissionné. D'après ce que j'ai compris, ils ont profité de l'affaire pour la transformer en un truc politique. Ils ont donné des interviews dans la presse et à la télé pour dénoncer la direction du lycée qui refuse de délivrer des contraceptifs et des préservatifs aux jeunes sans l'autorisation des parents. Je ne sais pas trop quoi en penser. Lana dit qu'il faut respecter le choix des femmes et donc donner des capotes à qui le demande. Et que c'est pas parce que nous on a décidé d'avoir des bébés que tout le monde doit faire pareil. En tout cas, ça a foutu un sacré bordel notre histoire. Les prochoix et les antiavortements se sont tapé dessus, pour de vrai ! Je ne plaisante pas. Ils ont fait des manifs qui ont dégénéré. Le proviseur, lui, il se fait tout petit. Il est surtout embêté de voir tous ces journalistes qui raboulent, il estime que ça ne donne pas une bonne image du lycée de Gloucester. Comme si c'était la crème de la crème le lycée de Gloucester ! Ça me fait bien rire.

Bon, il faut que je vous laisse, j'ai une sacrée envie de pisser là. Depuis quelques jours, j'arrive à peine à me retenir. À l'hosto, ils m'ont dit que c'était normal : le bébé comprime ma vessie. Revenez dimanche, si vous voulez, maman fera un barbecue et sa salade de pommes de terre est à tomber, vous verrez !

Cindy

Je ne sais pas ce que vous ont dit les autres, mais ce n'est pas la zone ici. Moi, j'adore cet endroit. Gloucester est le plus vieux port de pêche des États-Unis, vous le saviez ça ? Il a été fondé en 1623 par un Français d'ailleurs, un explorateur qui s'appelait de Champlain. Au départ, il l'a nommé Beauport, c'est dire si c'est un chouette coin. On a étudié tout ça en cours et ma tante m'en parle souvent parce qu'elle adore l'histoire. Ici, c'est pas Boston, je vous le concède, mais il y a quand même trente-cinq mille habitants, ça n'est pas rien. C'est vrai qu'entre ce qu'a vécu Lana et ce qui m'est arrivé, vous devez penser qu'il n'y a que des losers ici. Mais ce n'est pas vrai. Tatie Jenna m'a même dit que les revenus des habitants de Gloucester étaient supérieurs à la moyenne nationale des États-Unis. Pas de quoi se vanter, OK, mais pas de quoi se plaindre non plus. J'aime bien la vie ici. J'habite dans le centre-ville où tout le monde se connaît. Les commerçants sont sympas à part le père de Sue qui est bien vu à la paroisse, mais que personnellement je ne sens pas du tout. Ce n'est pas à cause de ce qu'il a fait. Ça je ne veux pas juger et ma tante dit que ça aurait pu arriver à tout le monde un truc pareil, elle appelle ça l'autodéfense. Avec les copines, on se retrouve de temps en temps au Chili Dog, c'est un bar-resto très sympa où les filles qui servent sont des nanas du lycée. Lana a bossé là-bas, un temps. C'était avant que la bande trouve des activités plus lucratives... mais ça, on n'a pas le droit d'en parler. En plus, ce n'est pas votre sujet, vous n'êtes pas venue pour ça. Au Chili on boit de grandes tasses de café bien fumant et lorsqu'on a un peu plus d'argent, des cappuccinos comme les Italiens avec de la mousse et une pointe de cacao dedans. On mange parfois un beignet avec, ou un muffin. Pas d'alcool, ça va pas non ! Pourquoi je rigole ? On n'est pas majeures, vous le savez bien, sinon vous ne seriez pas ici. Vous ne vous intéresseriez pas à nous. L'alcool pour les jeunes c'est ailleurs que ça se passe, dans des endroits où on ne peut pas être vus des adultes. Dans des fêtes privées chez les uns ou les autres, lorsque les parents sont absents, ou bien à la caravane. Pour ma part, je bois un peu pour faire comme tout le monde, mais je n'aime pas trop ça, ça a le goût de médicament je trouve. Pas vous ?

Le week-end, avec Tim, on se promène le long du port pour regarder les bateaux. J'adore ça, entendre le cliquetis des mâts qui tapotent les uns contre les autres. Un jour, j'aimerais posséder un joli voilier, même petit, pour dormir dedans avec Tim et les enfants. Ça ferait un peu comme le camping en mieux car il y aurait tout ce qu'il faut pour se laver, pour préparer à manger. Bon, pour ça, il faudrait déjà que je commence par gagner de l'argent ce qui n'est pas évident vu ma situation.

Il y a de moins en moins de chalutiers dans le port, ils ont été remplacés par des voiliers. Dès qu'arrivent les beaux jours, ils rappliquent par centaines en emprutant l'autoroute de Boston. Ils se déguisent en marins avec des bottes en plastique même quand il ne pleut pas et portent des pulls en laine bleu marine. On se moque d'eux, mais on les envie en même temps. Ils ont de beaux bateaux et on essaye de regarder à l'intérieur des cabines en passant sur le quai. Parfois, ils sont en train de dîner et on se sent un peu bêtes de les observer comme ça. Vous me demandez quoi ? Qui est Tim ? Ben, c'est mon petit copain ! J'étais convaincue de vous en avoir parlé. On est ensemble depuis un an et demi. On s'est rencontrés au lycée. Il joue dans l'équipe de hockey. Ils ont gagné le championnat en 2006. Je suis super fière de lui. Tim est un beau garçon. Il est grand, brun, athlétique forcément. Surtout, il est gentil. Il a un an de plus que moi et il m'aide à faire mes devoirs. Tatie Jenna l'aime bien. Elle dit qu'il a le regard franc, pas comme certains mecs qui draguent les filles juste pour coucher. Tim, il a attendu que je sois prête. Bien sûr que c'est le père de mon bébé ! Qu'est-ce que vous croyez, je ne suis pas une délurée, moi ! Pas comme Kylie. Même si je l'aime beaucoup, c'est vrai qu'on n'a pas les mêmes valeurs sur ce plan-là. Il faut dire que Kylie, elle n'a pas eu un exemple d'enfer avec sa mère. Une vraie salope celle-là ! Je sais, je ne devrais pas parler comme ça de la mère d'une de mes meilleures amies, mais je ne vois pas tellement d'autres mots à utiliser pour désigner celle de Kylie. Elle a déjà eu deux maris et une tripotée de mecs. Ma tante me dit qu'elle traîne tout le temps au Blue Moon, une boîte pas super bien fréquentée où s'arrêtent les camionneurs en route pour le sud. J'en ai parlé à Kylie l'air de rien et elle m'a répondu que c'était normal que sa mère y soit vu qu'elle y bosse au Blue Moon. Elle est serveuse là-bas trois soirs par semaine, c'est un de ses trois boulots en plus d'infirmière et de démonstratrice de lingerie. Jenna elle n'aime pas la mère de Kylie à cause de ça, son job de démonstratrice de lingerie. Elle dit que c'est vulgaire. Moi je trouve ça un peu vache car il faut bien qu'elle se serve de ses atouts et avec le corps qu'elle a, elle aurait tort de se priver. C'est sûr, même si je l'adore, ce n'est pas ma tante qui pourrait faire ça étant donné qu'elle ressemble plutôt à Barbra Streisand avec dix kilos de trop.

Pour revenir à Tim, il est adorable. Oui, de nous quatre je suis la seule à avoir un mec et, non, ça ne pose pas de problèmes. Les filles aiment bien Tim, et de toute façon la plupart du temps, je viens seule à nos rendez-vous. Ce n'est pas parce que c'est mon petit ami qu'il doit tout savoir. C'est une règle que j'ai imposée depuis le début. La fidélité, d'accord, mais à chacun ses secrets. Tim ne sait pas où on se retrouve avec Lana et les autres et c'est bien mieux comme ça. Il ne sait pas non plus ce qu'on traficote là-bas. De toute façon, c'était la condition pour que je reste dans le groupe. Lana n'aurait pas supporté que je ne respecte pas la loi du silence. C'est comme ça. Ça peut paraître un peu excessif de sa part, mais moi je sais que j'aurais réagi pareil si une autre fille s'était trouvé un copain.

Qui est le père des autres bébés ? Pas Tim en tout cas, vous êtes malade ! On ne ferait jamais un truc pareil, ça serait trop malsain. Pour les autres pères, vous n'avez qu'à demander à Lana. Bonne chance !

Lana

Vous savez très bien qui a eu l'idée de tout ça. La réponse, vous l'avez devant vous. Vous n'êtes pas tombée sur moi par hasard. Ne commencez pas à faire la crétine : j'ai horreur qu'on me prenne pour une imbécile. Je n'ai pas encore quinze ans mais j'ai vécu plus de trucs que vous ne pouvez l'imaginer. Et je sais reconnaître quand on se paie ma tête. Oui, ici c'est chez nous. Heureusement qu'on a hérité cette baraque de mon grand-père car sinon on serait sacrément dans la merde. Je vis seule avec ma mère. Ce qu'il en reste en tout cas. Elle est là-haut, vous n'entendez pas le bruit de la télé ? Mon père a disparu il y a deux ans, un soir de grosse cuite. Il a pris un petit sac, son canif, son portefeuille, quelques photos et des vêtements de rechange. Son téléphone portable est resté posé sur une chaise près de la porte d'entrée. Il était éteint. On n'a jamais réussi à le rallumer car on n'avait pas le code PIN. On a passé des heures devant, à le dépiauter, comme si on pouvait y trouver quelque chose, un signe, une explication, mais on n'a pas été capables de lui redonner vie. Si ça se trouve, il n'y avait rien dedans, juste le numéro de deux, trois anciens copains et de membres de la famille.

Je ne sais pas où il est parti. Ou s'il est allé quelque part d'ailleurs. Ma tante dit qu'il s'est peut-être foutu en l'air en se jetant à la flotte, mais je pense qu'elle raconte ça pour nous faire de la peine. Dès qu'elle peut nous enfoncer, ma mère et moi, elle ne s'en prive pas. Elle n'a jamais supporté que maman lui enlève son frère chéri. Bizarre. En tout cas, je n'y crois pas à son histoire de suicide. S'il est à la mer, il ne l'aura pas fait exprès, il se sera penché un peu trop et comme il était bourré, il sera tombé. Il n'aurait pas pris son sac s'il avait eu l'intention de se buter. Logique, non ?

C'est tranquille maintenant ici. Sans les cris de papa, je veux dire. Moi j'aime le silence. Je sais c'est curieux de dire ça lorsqu'on attend un enfant parce qu'il paraît qu'un môme ça braille en permanence, surtout au début. Quand mon père est parti, ça a été plutôt un soulagement et je ne peux pas dire qu'il me manque vraiment. J'en avais assez de m'incruster à droite à gauche, d'aller dormir chez Kylie, Cindy ou chez d'autres filles de la bande que vous ne connaissez pas et que vous ne connaîtrez jamais. Du temps de mes deux parents, je crois que vous avez compris, ce n'était pas le Pérou. Je ne vous ai pas parlé de ma mère. En fait, je ne sais pas si ça vaut vraiment la peine. J'ai quelques bons souvenirs avec elle. Petite, elle me prenait dans son bain et elle me caressait doucement avec les paquets de mousse blanche de son gel douche. C'était un moment dont on profitait pour discuter. Elle me disait : « Pose-moi toutes les questions que tu as en tête. » Elle avait presque toujours une réponse à m'apporter. Maman était très cultivée. Je dis « était », mais n'allez pas croire qu'elle est devenue idiote. C'est juste qu'elle ne parle plus, alors on ne peut plus vraiment se rendre compte de ce qu'elle a dans le ciboulot. Son père était dentiste, il est mort jeune, je ne l'ai pas connu. C'était un homme bien, à ce qu'il paraît. Il adorait les livres qu'il avait entreposés dans sa salle d'attente. À Gloucester, on l'appelait « le poète » à cause de tous ses bouquins. Maman passait son temps là-bas à dévorer ce qui lui tombait sous la main pendant que son père triturait la bouche de ses patients. C'est comme ça qu'elle a appris tout ce qu'elle sait. Elle était sage-femme quand elle a rencontré mon père. Elle m'a dit une fois que c'était le plus bel homme de Gloucester et que tout le monde se demandait comment un type de sa classe avait pu se retrouver à pêcher du poisson. Tout ça c'était avant l'alcool. Je n'aime pas en parler. Les filles vous en diront sûrement un mot de toute façon, je ne me fais pas de souci, tous les détails croustillants vous les aurez avec ces pipelettes. Surtout Kylie, elle ne sait pas fermer sa grande gueule celle-là.

Ce qui s'est passé avec maman est un peu mystérieux pour moi. L'alcoolisme de papa l'a détruite elle aussi. Elle n'a jamais bu une goutte d'alcool à part une petite bière de temps en temps, mais parfois je me dis que ça aurait été presque mieux que les dizaines de cachetons qu'elle s'envoie par jour. J'avais six ou sept ans quand elle a commencé à ne plus se lever le matin. Elle appelait l'hôpital pour leur expliquer qu'elle avait un grave problème dans sa famille. Ça a marché quelque temps et puis, ses absences se répétant de plus en plus, ils ont fini par la virer. Elle avait l'air presque contente. Elle disait que depuis qu'elle avait vu un nourrisson mourir dans ses bras, elle n'avait plus le cœur au boulot de toute façon. Elle s'est mise à traîner en pyjama toute la journée. Elle a arrêté de m'accompagner à l'école, puis de faire le repas, le ménage, la vaisselle. Une dépression, a diagnostiqué le Dr Smith, le médecin de nos voisins que j'ai un jour appelé en cachette parce que je m'inquiétais pour sa santé. Il lui a prescrit une liste de médocs longue comme le bras. Depuis, elle n'a pas arrêté de gober des gélules de toutes les couleurs. Lorsque mon père s'est retrouvé à son tour au chômage, ça a empiré. Plus il gueulait quand il était ivre, plus elle se taisait, avalait ses pilules et s'abrutissait devant la télé. C'est pour ça que je déteste la télé, et Kylie, elle m'énerve à parler tout le temps de qui passe à la télé et de tous les programmes bidon qu'elle se tape avec sa mère. Tout ça pour dire qu'au moins, je ne suis pas embêtée avec maman. Je lui ai installé un grand écran dans sa chambre, comme ça je n'ai plus besoin de la voir. Comment elle a réagi pour le bébé ? Ça je n'en sais rien. Je ne sais même pas si elle a remarqué, je vous jure.

Sue

Ça chauffe pour moi. Si mes parents arrivent, je raccroche, sans même dire au revoir, OK ? Et surtout, ne rappelez pas, c'est moi qui vous recontacterai. Il faut essayer de me comprendre, je suis sous haute surveillance. Mon père a eu beau faire le cool quand il a su pour le bébé, j'ai bien vu que ça ne passait pas. Il veut SAVOIR. Ils veulent tous savoir d'ailleurs. Je le sens dans leurs regards quand on va au supermarché avec maman. Les gens nous disent bonjour poliment puis ils s'attardent lourdement sur mon ventre. Il faut admettre que ce n'est plus vraiment discret maintenant, j'ai l'air d'une otarie. Je vois dans leurs yeux brillants qu'ils rêvent de nous poser des questions. Ce qu'ils ont lu dans les journaux et vu à la télé ne les satisfait pas. Ils ne croient pas au hasard, ils ne croient pas à l'accident. Certains pensent que nous sommes diaboliques, ils nous appellent « les folles du lycée ». Ils sont sûrs que le maire raconte n'importe quoi, qu'il veut protéger l'image de la ville, que le proviseur et la psychologue sont de mèche avec lui. Ils se sont mis d'accord pour dire qu'il n'y avait rien à comprendre, puisqu'il ne s'était rien passé. Ils adoreraient que je leur révèle quelque chose, n'importe quoi, même des bobards. Que je donne un début d'explication. Mon père c'est pareil. Il regarde mon bide et tout son visage se crispe. Je le sens de plus en plus nerveux. S'il n'y avait pas la paroisse, je suis sûre qu'il me secouerait comme un prunier en me demandant : « Quel est le fils de pute qui t'a mise enceinte ? » Tout ça pour vous dire qu'en ce moment, je suis ultravissée. Mes parents m'accompagnent au lycée en voiture, et le soir, ils appellent à la maison pour vérifier que je suis bien rentrée. Un cauchemar. C'est pour ça que désormais, je préfère que l'on parle par téléphone. Je sais, c'est moins sympa, moins convivial, mais je ne peux pas prendre le risque de me faire surprendre avec vous. Ils comprendraient tout de suite de quoi on discute et ça les rendrait dingues car ce qu'ils veulent avant TOUT, c'est de la discrétion. Si j'avais été enceinte sans que cela se voie, ça aurait été le rêve pour eux. Mais non, mon ventre pousse, et de plus en plus !

Comment je faisais avant pour voir les filles ? Ça n'a jamais été très facile, surtout que, comme je vous l'ai déjà dit, mon père se méfie de Lana. Au lycée, on se retrouve dans le local des femmes de ménage, près des toilettes des filles. Serrées au milieu des balais et des serpillières, on fume une ou deux clopes et on se raconte les derniers potins. Mais l'autre jour, Cindy a fait remarquer que ce n'était pas super prudent pour les bébés de respirer toutes ces odeurs de détergents et qu'avec les cigarettes, on risquait de foutre le feu. On a toutes convenu qu'elle avait raison. Maintenant, on se voit dans la cour, mais là on fait super attention car il y a plein de monde qui nous tourne autour l'air de rien pour essayer d'entendre ce qu'on dit. Heureusement on a un code. Quand on parle des bébés, on dit « les courses », quand on parle de John on dit « mon cousin », etc. On est super au point, on ne s'embrouille jamais.

Notre lieu à nous, vous l'aurez compris, ce n'est pas le lycée ou chez nous, parce qu'à part Lana, on est quand même assez surveillées par nos familles. Notre coin, notre petit endroit, c'est quelque part près de la voie ferrée. Je ne vous dis pas exactement où car vous seriez tentée d'aller voir et qu'on n'a pas envie que qui que ce soit y aille sans nous. C'est Lana qui a trouvé le plan. À un moment, on traînait beaucoup là-bas pour faire des trucs pas très clairs. Ne répétez pas ce que je viens de vous dire. Vous verrez bien si les autres filles vous en parlent. Où j'en étais déjà ? Ah oui. Lana, elle marche beaucoup, ça lui vient de son séjour en foyer. Elle ne supportait tellement pas d'être enfermée qu'elle passait tout son temps libre à faire le tour du parc, une fois, deux fois, dix fois, jusqu'à ce qu'elle n'en puisse plus. Elle dit que ça la calme, qu'il n'y a rien de mieux qu'une bonne trotte pour se vider la tête. Peut-être que je devrais faire ça moi aussi quand j'ai peur de papa, de ce qu'il pourrait me faire s'il apprenait tout. Un jour, au cours d'une de ses promenades, Lana est allée plus loin vers le nord, en direction de la décharge. Là, dans les herbes hautes, elle a vu cette espèce de petite caravane abandonnée complètement déglinguée. Elle était sale et pleine de poussière avec un carreau cassé et plus grand-chose qui tenait debout à l'intérieur. Mais elle a l'œil Lana, elle a tout de suite vu que c'était ce qu'il nous fallait. Ça faisait un bout de temps déjà qu'on pensait à avoir un coin à nous. Le local du lycée, ce n'était pas suffisant. Il nous fallait un lieu secret, où aller le week-end, la nuit et quand l'une d'entre nous en aurait besoin. C'est notre maison en quelque sorte et elle me manque, je ne peux pratiquement plus y aller. Je me rappelle le jour où on l'a découverte. Lana nous avait donné rendez-vous près de l'entrée de la décharge à ordures. Je m'en souviens comme si c'était hier. Je m'étais dit : « Pourvu que personne ne m'aperçoive là, sinon, ça va être l'enfer avec mes parents. » Ils sont très connus dans le coin à cause du magasin de papa et aussi de ce qui est arrivé à l'intérieur même si plus personne n'en parle. Alors j'ai toujours l'angoisse que quelqu'un me voie faire une bêtise avec les filles et leur raconte. Pour en revenir à la caravane, je me souviens que j'étais quand même super excitée. Lana nous avait juste dit : « J'ai trouvé ce qu'il nous faut », et la connaissant, on pouvait lui faire confiance. J'ai tout de suite su que ça serait génial. Elle a demandé à chacune d'apporter un foulard et elle nous a bandé les yeux tour à tour. C'était électrique, une journée d'été un peu comme celle-ci, on était toutes bras nus et je pouvais sentir mes poils se dresser sur la peau. On s'est donné la main, guidées par Lana. On a dû marcher une dizaine de minutes comme ça, personne ne disait un mot. Parfois l'une de nous trébuchait dans les herbes et une autre la rattrapait aussitôt. J'étais entre Cindy et une fille dont je n'ai pas le droit de donner le nom. Je pense qu'on était toutes dans le même état. Ça se sentait. C'était un instant unique, magique. On tremblait et on était émues. On a toutes enlevé nos bandeaux en même temps, au signal de Lana. Et là surprise ! Lana avait nettoyé la caravane. Elle avait récupéré des trucs dans la décharge, une table en plastique bleue à fleurs rouges et jaunes, deux chaises en bois, un vase ébréché et deux, trois autres babioles. C'était magnifique. Elle avait apporté une bouteille de whisky et des verres qu'elle avait dû voler chez elle. Elle a sorti de son sac des paquets de chips et des cacahouètes et on s'est fait notre premier apéro chez nous. On n'a jamais autant ri que ce jour-là. À la nuit tombée, on a allumé des bougies. Je me rappelle m'être dit : « Qu'est-ce qu'elles sont belles, toutes ! » On avait les joues rougies par la chaleur et par l'alcool et les yeux brillants, j'aurais voulu que ça dure toujours tellement c'était bon de se retrouver là, ensemble. On n'arrivait plus à se séparer. Pourtant, il a bien fallu rentrer, surtout moi. Lana m'a prise par la taille et m'a glissé à l'oreille : « Ne t'en fais pas ma petite chérie, tu reviendras. Désormais, c'est chez nous ici. » Je sens encore son souffle chaud dans mon cou rien que de vous en parler.

Après, on y est retournées plusieurs fois par semaine, avec chacune des trucs pour améliorer notre maison. Moi je me suis allégrement servie à même le bazar que mon père stocke dans le garage : lampes torches, piles, cordes à linge pour accrocher des rideaux. C'est devenu un véritable palace, vous verriez ça… On en a passé des bons moments là-bas et on en passera encore quoique, avec les bébés, ça ne sera pas si facile. Mais le meilleur c'était ce premier soir quand on a découvert la caravane. C'est bien simple, même quand j'ai fait ce qu'il fallait pour avoir le bébé, je n'ai pas eu un dixième du plaisir que j'ai ressenti ce jour-là.

Kylie

Qui vous a raconté pour John ? Qu'est-ce que c'est que cette connerie ? Qui a lâché son nom ? Dites-le-moi, sinon je ne vous parle plus. Je ne sais pas ce que vous avez exactement comme informations, mais je n'ajouterai pas un mot, je l'ai juré à Lana. Motus et bouche cousue. Je ne suis pas une balance, moi ! D'accord, vous n'êtes pas flic, mais quand même, on doit faire attention. Vous savez que la Fox est revenue me voir ? Ils ont proposé cinq mille dollars à ma mère pour que je témoigne. Maman était surexcitée. Elle m'a lancé : « Écoute ma petite Kylie, il faut bien reconnaître que tu as un peu exagéré avec ce bébé. Bien que je sois à fond avec toi, il faut penser à l'avenir. Je suis la seule à travailler dans cette maison et même avec mes trois boulots je ne m'en sors pas, tu le sais bien. Alors réfléchis, cinq mille dollars, ce n'est pas rien par les temps qui courent. » J'étais au bord de lui répondre : « Oui, OK, raboule la caméra », en plus, c'est vrai que ça ne me déplairait pas de passer à la télé, même si je préférerais que ça soit pour autre chose que pour le bébé. Heureusement, je me suis ravisée à la dernière minute. J'ai dit : « Il faut que j'en cause à Lana », et maman, ça l'a super énervée. Elle prétend que je suis le petit chien de Lana, que je lui fais plus confiance qu'à ma propre mère, que ce n'est pas normal qu'on dorme aussi souvent ensemble. Une fois, elle a pété les plombs et elle m'a carrément accusée de coucher avec Lana, de faire des trucs dégueu avec elle dans mon lit. Ça m'a écœurée. Je lui ai dit : « Ça ne va pas la tête, t'es complètement givrée. » Elle m'a mis une grosse baffe et puis elle s'est excusée en pleurant. Elle est comme ça ma mère, elle passe du rire aux larmes en quelques secondes. Lana pense que c'est parce qu'elle est fragile des nerfs à cause de tout ce travail qu'elle abat pour payer les traites de la baraque et elle a sûrement raison.

Je suis donc allée voir Lana rapport à la proposition de la Fox et elle m'a répondu : « Ne t'en fais pas, j'ai la solution pour ta mère, on va taper dans la bassine sans le dire à personne. » Il y a au moins quinze mille dollars là-dedans, enterrés sous la caravane. Comment on a eu tout ce fric ? Avec les activités qu'on avait du côté de la voie ferrée. Elle ne vous en a pas touché un mot Lana ? Alors, je la laisse faire. Bref, quelques jours après, je suis revenue avec les cinq mille et maman a sauté de joie. Je lui ai dit que j'avais fait cette putain d'interview pour la Fox, mais que je ne savais pas quand elle allait être diffusée. Depuis, ma mère scrute le programme télé toutes les semaines, elle ne veut absolument pas louper ma « confession ». J'ai beau lui seriner : « Tu sais, ce n'est quand même pas le show d'Oprah Winfrey, c'est juste quelques minutes aux infos », elle s'en fout, elle ne raterait ma « prestation » pour rien au monde. « Prestation », c'est un mot que je connais depuis toute petite, elle me le répétait sans cesse quand elle m'amenait aux concours des Mini-Miss. « Soigne ta prestation Kylie », « Fais-moi la meilleure prestation », « Ta prestation n'était pas au top aujourd'hui ». Elle était super fière de maîtriser un mot pareil. Elle avait dû l'entendre à l'époque où elle arpentait aussi les concours.

Les Mini-Miss, c'était quelque chose pour maman. Elle aurait d'ailleurs voulu que je continue avec les vraies Miss, mais je ne l'ai pas senti. Je trouve qu'il y a trop de pervers là-dedans. Soi-disant c'est un truc familial alors qu'en fait il y a plein de types louches qui viennent mater. Ils se régalent ces enfoirés. Il faut les voir scruter les gamines, ils sont tout rouges et ils ont les yeux qui brillent d'une lueur pas cool, je vous assure. Un jour, j'étais en train de me démaquiller dans ma loge – je devais avoir sept, huit ans –, quand un de ces sales mecs a débarqué. Il a fait genre il se trompait de porte : « Pardon mademoiselle », comme s'il avait une fille dans la compète et puis il m'a dit : « Bravo ! Au fait, ma jolie, si j'avais été dans le jury, c'est toi que j'aurais choisie. » En même temps qu'il glissait ça, il m'a passé la main dans le cou. Je m'en souviens comme si c'était hier, j'ai fait un bond sur le côté. Je sens encore ses doigts humides et froids sur ma peau. Vous commencez à me connaître : la petite Kylie elle avait déjà son putain de caractère. Alors je lui ai dit : « Lâchez-moi, enlevez vos sales pattes sinon je crie et je rameute tout le monde. » Il a été un peu surpris et tout de suite après j'ai vraiment vu la colère sur son visage. Il a tourné les talons en murmurant : « P'tite pute ! » Ça aurait rien dû me faire de la part d'un pauvre gars comme ça, mais je me suis retournée vers la glace et là je me suis vue avec mes bas résille, les bottes de cow-boy blanches, mon body à paillettes et tout ce maquillage et d'un coup ça m'a déprimée. Sur le chemin du retour j'ai dit à maman que j'y retournerais plus. Elle était super triste. « Je ne comprends pas, elle répétait, tu aimes bien ça, non ? » Elle a ajouté : « C'est dommage, aujourd'hui, tu avais fait une bonne prestation. Tu as du potentiel Kylie. Tu devrais t'accrocher. » Sauf que moi, je n'avais plus envie de m'accrocher.

Les Mini, j'ai commencé à l'âge de quatre ans. Au début ça m'amusait. Je jouais à la grande. Ma mère me bouclait les cheveux au fer à friser, elle me maquillait les lèvres, les yeux et les joues et posait du vernis sur mes ongles. J'ai fait plusieurs personnages, la danseuse étoile, la dresseuse de tigre et la cow-girl. C'est avec ce numéro que j'ai eu le plus de succès. Je me souviens très bien de la choré, je me dandinais de droite à gauche en faisant claquer mon fouet en mesure. J'enchaînais ensuite avec trois roues de suite d'un bout à l'autre du podium et je finissais en grand écart. Maman avait choisi une musique de Bruce Springsteen, une autre de ses idoles. Ça le faisait pas mal. Autant en étoile, j'avais l'air un peu ridicule, je l'avoue, parce que j'étais déjà un peu grande pour mon âge, mais en cow-girl, je dois reconnaître que ça en jetait. Si vous voulez, je vous montre des photos, maman en a plein ses tiroirs. « Ça fera des souvenirs pour tes enfants », elle me disait. C'est sûr, elle ne pensait pas que ça allait arriver aussi vite ! Les Mini finalement, ce n'était pas si mal. Globalement, on s'est bien marrées avec ma mère. Et puis, elle était loin d'être la plus nulle la petite Kylie ! Je suis arrivée une fois troisième à Philadelphie et une fois deuxième à Pittsburgh. Les autres concours ? Je les ai perdus. Mais, comme dirait maman, je n'ai pas perdu mon temps. Au moins, j'ai vu du pays.

Lana

Ça commence à devenir tendu. La pression monte, je ne vous raconte pas à quel point. Sue a ses parents sur le dos toute la journée et puis voilà que Tim, le petit copain de Cindy, commence à péter les plombs. Je savais que c'était le maillon faible celui-là. Il a beau avoir presque dix-sept ans, je vous jure, il est un peu nigaud. Ne dites rien à Cindy, mais dans la bande, on ne l'aime pas tellement Tim, même si on fait semblant de l'apprécier parce que Cindy est amoureuse. « Entre son mec et ses copines, une fille choisit toujours son mec », nous a expliqué la mère de Kylie un jour où on lui soumettait le problème. Alors on la joue cool quand on le croise, mais on se tient le plus possible à distance. Ses copains sont de gros ringards qui font du hockey. Je n'ai jamais pu blairer les hockeyeurs, des frimeurs. Ils ne ratent jamais une occasion de te montrer leurs muscles. En revanche, question cervelle, laissez tomber, y a rien à voir ! Tim, ce n'est pas qu'il soit méchant mais il ne réfléchit pas beaucoup. L'autre jour, j'ai entendu dire qu'il se faisait cuisiner par une nana du *Gloucester Diary*. C'est John qui me l'a dit, il les a vus boire un Coca ensemble au McDonald's. OK, je vous parlerai de John, mais pas tout de suite. Il tient à garder l'anonymat, c'est le seul qui risque gros dans toute notre histoire. On y arrivera plus tard, je vous le promets. N'insistez pas sinon vous n'aurez rien. Donc, comme je disais, Tim se mettait à table. Ce n'est pas qu'il sache grand-chose, mais on ne sait jamais. Cindy nous a juré qu'elle ne lui avait jamais rien dit sur nos différents plans ni sur la caravane, mais je ne sais pas si on doit vraiment la croire, avec tout le respect que j'ai pour elle. Dès que j'ai su que Tim bavassait, je suis allée le choper à la fin de son entraînement. Quand il m'a vue, il a blêmi. Il a un peu peur de moi j'ai l'impression, pourtant, je ne lui ai jamais rien fait. Je lui ai fait signe de venir vers moi tout de suite, genre « Il faut qu'on cause ». Ses copains ont ricané, je crois qu'ils se foutaient de sa gueule d'obéir à une gamine comme moi. En même temps, je suis sûre qu'ils n'en mèneraient pas large dans sa situation. Ils lui ont balancé : « Salut papa ! » d'un air moqueur et Tim a rougi, comme s'il avait honte. Je n'y suis pas allée par quatre chemins, je lui ai dit : « Écoute, un ami à moi t'a vu avec la gonzesse du journal. Qu'est-ce que tu lui as dit ? » Il est devenu livide, il bafouillait. Il a d'abord juré qu'ils n'avaient pas parlé de ça, des bébés, et je lui ai dit : « Prends-moi pour une conne Tim et je t'en colle une devant tous tes potes. » Alors, il s'est ravisé. Il a lâché qu'elle voulait savoir comment ils s'étaient connus avec Cindy, et si c'était vraiment une histoire d'amour. Vu que sur les dix-sept, il n'y en a que deux qui soient officiellement en couple, je comprends que ça l'intéresse, la journaliste. Tim a tout raconté, comment il avait repéré Cindy au lycée et tout le toutim. Il avait pensé : « Elle est bien mignonne cette petite brune aux yeux verts. » Il voulait la draguer, ce qui n'était pas super facile vu que Cindy était tout le temps fourrée avec moi depuis qu'on s'était connues au foyer et que moi, personne n'ose trop m'approcher. J'ai une réputation « sulfureuse » comme dit la mère de Kylie. Je crois que c'est surtout parce que je n'ai pas ma langue dans ma poche ni mes mains d'ailleurs et que je n'hésite pas à cogner comme un mec lorsqu'on m'emmerde. Tim a fini par trouver une occasion de parler à Cindy. Son petit frère avait Jenna, la tante de Cindy, comme institutrice, alors il s'est servi de ce prétexte pour l'aborder. Cindy s'est laissé faire car elle le trouvait plutôt mignon et bien élevé et que contrairement à moi, elle aime les sportifs, elle les trouve « sains ». C'est bizarre, non, de dire des trucs pareils ? Et puis ils ont commencé à sortir ensemble, à aller manger des glaces et à se bécoter aux abords du stade. Cindy, on la voyait de moins en moins, c'est là qu'on lui a fait jurer de ne rien révéler à Tim de nos secrets. Elle a dit : « Pas de problèmes les filles, vous comptez plus que tout pour moi. » Kylie ne l'a pas crue, elle a fait des commentaires du style : « De toute façon, je ne lui ai jamais vraiment fait confiance à Cindy », etc. Kylie, elle dit du mal de tout le monde. Je pense, sans exagérer, que c'est un peu à cause de moi : elle ne supporte pas que je puisse être complice avec les autres filles alors elle les débine, elle voudrait m'avoir pour elle toute seule. Mais moi, je n'appartiens à personne, je suppose que vous l'avez déjà compris, ça. Donc, Tim a raconté sa sympathique petite histoire à la fille du *Gloucester Diary* qui visiblement était assez déçue. Elle devait s'attendre à quelque chose de plus original que : « Je l'ai embrassée devant chez elle la première fois », « Nos familles se connaissent et n'ont rien à redire de cette relation », « On se mariera dès qu'on pourra et on formera une belle famille avec le bébé »… Tim lui a dit qu'avec Cindy c'était pour la vie, que le bébé, c'était un peu un accident, mais qu'en même temps, comme il ne mettait pas de préservatifs, avec le recul, il savait que ça lui pendait au nez. Mais c'était un enfant de l'amour et il avait toujours voulu une grande famille avec plein de gosses, alors autant commencer maintenant. Elle lui a posé la question sur le pacte et sur les autres filles enceintes et il a répondu qu'il n'en savait rien. Je préfère le croire. À part avec Cindy, c'est vrai qu'il ne parle à aucune fille. C'est comme ça au lycée, les nanas d'un côté, les mecs de l'autre. Il n'a rien dit de plus, il me l'a juré. « J'espère bien », je lui ai répondu, sachant que quoi qu'il en soit, pour ce qu'il connaissait de nos histoires, on ne prenait pas de grands risques. Et puis, alors que j'allais rentrer chez moi pour m'allonger un peu, le voilà qui me retient par le bras et qui me dit à moitié en tremblant : « Il faut que je te dise quelque chose. » J'ai répondu : « D'accord, mais on va se poser quelque part parce que mon ventre commence à peser », et on est allés s'asseoir sur un banc un peu plus loin. Là, il m'a tout sorti, il flippait comme une bête. Il aimait toujours Cindy, mais il n'était plus tellement sûr pour le bébé. « C'est un peu trop tôt. Je n'ai pas choisi, c'est venu tellement vite. Je sais que c'est trop tard pour l'avortement. De toute façon, Cindy voulait absolument avoir un enfant. Je ne comprends pas ça, qu'est-ce que vous avez toutes avec les bébés, vous avez toute la vie devant vous, non ? Et je trouve ça un peu louche votre truc de tomber enceintes toutes en même temps. Je ne sais pas très bien ce que vous avez foutu mais ce n'est pas très net. Mes copains me disent que je me suis fait avoir comme un bleu. Mes parents, eux, ils me regardent d'un air désolé. Ce qui embête le plus mon père, c'est que la fac, je peux lui dire adieu. Depuis le temps qu'il économise pour me payer des études, c'est normal qu'il l'ait mauvaise. Parce qu'avec le bébé je vais devoir bosser à plein temps. Mon oncle m'a trouvé du boulot à la conserverie au nord de la ville. Cindy est contente car c'est assez bien payé et elle dit qu'on pourra peut-être se trouver un petit appart rien qu'à nous. Moi ça me fait un peu stresser tout ça. Je vais devoir arrêter l'entraînement de hockey et quitter tous les potes, alors tu vois, Lana, je ne sais plus vraiment où j'en suis. C'est pas que j'aie des doutes pour Cindy, c'est une chouette fille, ça j'en suis convaincu. C'est toute cette vie qui m'attend qui me fout un peu le bourdon. Qui m'a mis ça dans la tête ? Personne, je te jure, Lana. Pas mes parents en tout cas. Ils sont très croyants alors ils préfèrent "le mariage au scandale" comme disait ma grand-mère même si, je viens de te le dire, ça ne leur plaît pas des masses toute cette histoire. En fait, c'est mon prof de hockey, M. Dunckan. L'autre jour, il est venu me voir à la sortie des vestiaires et il m'a dit : "Tu es sûr de ce que tu fais mon petit Tim ? Parce qu'un joueur comme toi, je ne sais pas si j'en retrouverai de sitôt. C'est un peu dommage de tout arrêter pour aller débiter du poisson, non ?" Alors tu vois, Lana, ça m'a mis le doute parce que je l'aime bien, M. Dunckan et je sais que c'est réciproque, donc s'il dit quelque chose c'est forcément pour mon bien, tu comprends ? » Bref, il a continué ses jérémiades encore un bon bout de temps comme ça et je l'ai laissé parler car je sentais que ça lui faisait du bien. Moi, je n'en pouvais plus, j'avais super envie d'aller aux toilettes – ça me fait ça de plus en plus souvent – et je me tortillais sur le banc, mais je n'osais pas bouger. Vingt minutes après, il en était toujours au même point, « le hockey, mes études, M. Dunckan et gnagnagna », alors je lui ai attrapé le menton et je l'ai regardé bien droit dans les yeux sans le lâcher. « Écoute Tim, j'ai bien entendu tout ce qui te tracasse, mais tu vois, là, c'est pas le sujet. Cindy va accoucher dans trois mois et tu vas être le père de ce bébé, que tu le veuilles ou non. Alors maintenant tu arrêtes de jouer au con sinon je t'en mets une dont tu te souviendras et tu auras toutes les filles sur le dos. Capito ? Cindy, c'est une nana épatante. Si tu la plantes, je te tue, tu piges ? » Je ne devais pas avoir l'air de plaisanter parce que Tim est devenu tout blanc et il a bafouillé : « Je n'ai aucune intention de faire du mal à Cindy ou de la laisser toute seule, tu peux me croire, Lana. Ce n'est pas la peine de me regarder comme ça, oublie tout ce que je t'ai dit, c'était juste un petit coup de blues, rien de plus. » Et là, il est parti comme un pet sur une toile cirée et je ne l'ai pas revu depuis. Moi, j'ai foncé aux toilettes des filles du gymnase, mais ce n'était pas tout près et je me suis fait à moitié pipi dessus à cause de ma vessie qui était trop pleine. La grossesse, en fait, ce n'est pas si cool que ça si vous voulez mon avis.

Sue

C'est la panique ! Mon père veut que je fasse faire un test ADN au bébé. Il m'a annoncé ça l'autre soir de façon très solennelle. J'étais assise sur le canapé du salon en train de lire un magazine, lorsqu'il est arrivé et a éteint la télé. Quand il fait ça, c'est qu'il y a quelque chose de super important dans l'air parce que chez nous, on n'éteint quasiment jamais la télé sauf pour dormir, et encore, ça arrive qu'on oublie et qu'on la laisse allumée. Là je me suis dit : « Il va se remettre à m'emmerder avec le bébé », et ça n'a pas loupé. Il a commencé tout doucement : « Je sais que tu ne veux pas dévoiler l'identité du père, c'est tout à fait honorable de ta part. » Ma mère se tenait derrière lui, dans l'encadrement de la porte. Elle m'a fait un clin d'œil, c'est sa manière à elle de signifier qu'elle ne me laisse pas tomber. Et puis papa a continué. Il s'est lancé dans un charabia sur la culture chrétienne auquel je n'ai rien compris. Il a parlé de l'islam et du 11 Septembre, je ne voyais pas du tout où il voulait en venir. Il a expliqué que le danger était encore là, partout, peut-être même à Gloucester, pourquoi pas. Des types d'Al-Qaïda, on en retrouve tous les jours, en Irak, en Afghanistan, et même aux États-Unis d'Amérique. Ils n'en parlent pas forcément aux infos, mais lui il est au courant parce qu'il en discute avec ses copains du stand de tir et là-bas il y a plein de gars qui reviennent du Golfe et ils en ont des choses à raconter. Tout ça pour dire qu'il sait de quoi il parle et que je devrais l'écouter un peu. Maintenant, il a une question à me poser : « Est-ce que le père du bébé n'est pas un fils de pute antiaméricain ? » « Réfléchis bien », il a ajouté, et là, il n'avait plus l'air cool du tout. Ses yeux bleus sont devenus noirs d'un coup. S'il avait eu une arme entre les mains, je ne sais pas ce qu'il aurait encore fait, je vous jure. Même maman m'a semblé inquiète. J'ai répondu : « Bien sûr que non, tu me prends pour qui ? Jamais de la vie ! » et pourtant je ne comprenais pas bien ce qu'il attendait exactement comme réponse. Ça a eu l'air de lui aller parce qu'il m'a frotté la tête avec sa main comme il le fait avec le chien et il m'a dit : « C'est bien, c'est bien, ma chérie », et il est allé me chercher un Coca. Du sans caféine parce que maman lui répète toujours qu'il faut éviter les excitants pour le bébé, ce qui ne l'empêche pas de me servir des grandes tasses de café le matin, mais enfin, si je m'arrête à ce genre de détail, je ne m'en sors plus. En revenant, papa avait repris son air soucieux, il s'est planté devant moi et il m'a lancé : « Ce n'est pas un Noir au moins ? Ni un Hispano ? Un Asiate ? Attention, ne va pas penser que je suis raciste. Je sais que certaines de tes petites copines s'amusent à faire courir ce bruit, mais ce n'est pas du tout de cela qu'il s'agit. Tu vois, je ne crois pas trop aux mélanges, c'est aussi simple que ça. Ici, on vit dans une communauté très unie, c'est notre force. Sans la paroisse, je ne sais pas ce que je serais devenu. Et ta mère n'en parlons pas, surtout avec le coup que tu nous as fait. Nous devons rester entre nous, entre Américains de souche, c'est pas trop compliqué à comprendre, non ? Ce n'est pas du racisme, ça. Les Noirs aussi préfèrent rester entre eux, tu sais. C'est normal, c'est naturel. Allez, rassure-moi, dis-moi qu'il n'y a rien de tout ça dans ton ventre. » J'ai bafouillé que non, bien sûr, j'aurai un enfant blanc, je suis sûre d'ailleurs qu'il me ressemblera. Il aura des yeux clairs comme les miens et de jolies boucles blondes comme celles de ma mère, même si les siennes je pense qu'elles ne sont pas naturelles. « Que Dieu t'entende ! » s'est exclamé papa. Et c'est là qu'il a sorti son histoire de test ADN, pour vérifier les origines du bébé. Je n'ai rien dit, mais ça ne me plaît pas du tout cette idée. Je suis sûre que c'est un coup tordu pour chercher qui est le père. Si tous les parents des filles enceintes se concertent pour faire pareil, ça risque de barder sévère pour nous. J'ai lu sur Internet que s'il le voulait il pourrait faire ÇA sans mon consentement, vous vous rendez compte ? Ça ne serait pas correct vis-à-vis de moi bien sûr, mais c'est le cadet de ses soucis à papa. Il lui suffit de récupérer un des cheveux ou un bout d'ongle du bébé, il l'envoie dans un labo, et hop, il l'a son analyse. Ça me fait froid dans le dos. Pour l'instant, je préfère ne pas y penser. Je vais quand même en parler à Lana, c'est plus prudent, vous ne croyez pas ?

Cindy

Je ne comprends pas. Ce n'est vraiment pas son genre. Je vous jure : si vous le connaissiez, vous verriez immédiatement que c'est un bon gars. Pas comme tous ces tordus qui venaient nous voir sur la voie ferrée. Tim, j'ai lu tout de suite dans ses yeux que c'était un mec bien. Il ne m'a jamais forcée à rien. Moi non plus, d'ailleurs. On a été à notre rythme, tranquillement. Quand je lui ai parlé du bébé, il avait l'air d'accord. Je me souviens c'était un soir, on était dans sa voiture. Ça faisait une heure au moins qu'on s'embrassait et je lui ai dit : « Et si cette fois, on ne faisait pas attention ? » De toute façon on ne mettait pas de préservatifs. C'est trop cher et puis c'est la honte d'aller en chercher à la pharmacie. Avec Tim, on se débrouillait avec les moyens du bord comme la plupart des jeunes couples ici. Vous ne semblez pas piger. Dès qu'on parle sexe, vous êtes toute gênée. Moi qui pensais que dans votre pays vous étiez libérées, les femmes, je ne m'attendais pas à ça. Vous me faites bien marrer ! Ne prenez pas cet air devant Lana ou Kylie parce qu'elles ne vont pas vous rater. Elles vont trop se moquer de vous. Je ne veux pas vous manquer de respect, mais là, c'est assez comique. Ce que je voulais dire c'est qu'on pratiquait le retrait, quoi. Je sais, ça ne marche pas à cent pour cent mais bon, ça nous allait très bien comme ça. Quand je lui ai dit que j'aimerais avoir un enfant de lui, Tim a eu l'air tout ému. Il m'a répondu qu'il trouvait ça « mignon » et qu'il était sûr que je serais une bonne maman. Sympa, non ? Après, on l'a fait sur la banquette arrière de sa caisse et il a été jusqu'au bout, comme on avait dit. Je ne l'ai pas forcé à quoi que ce soit, je vous le répète. Puis, il m'a serrée dans ses bras, il m'a dit que c'était meilleur comme ça, il avait l'air très content. Ensuite, on n'en a plus reparlé, jusqu'à ce que je fasse le test. Bon, c'est vrai qu'il ne sait pas tout, Tim. Par exemple qu'on en avait discuté avec les filles et que Lana avait calculé nos dates d'ovulation à chacune pour mettre le maximum de chances de notre côté. Ça ne servirait à rien de lui dire. Ça l'embêterait sûrement de savoir que c'était concerté, qu'on avait tout prévu.

Mais qu'est-ce qu'il fait ? Ça fait quatre jours que je suis sans nouvelles. Lundi je me suis mise à perdre du sang. J'ai vraiment eu peur. Ma tante m'a emmenée directos à l'hôpital. Ils m'ont gardée toute la nuit en observation. C'était très angoissant parce que personne ne savait me dire ce que j'avais. J'ai cru que j'avais perdu le bébé et puis une sage-femme m'a affirmé que c'était bon, mais qu'il fallait désormais que je me repose. Elle estimait que j'en avais trop fait jusqu'à présent : le lycée, le sport et les tâches ménagères à la maison pour aider Jenna. Les courses, les repas, le ménage, c'est moi qui m'occupe de pratiquement tout sauf du linge parce que ma tante trouve que je repasse mal. Lana me dit qu'elle abuse un peu de moi, que je ne suis pas sa bonne, pas son chien, mais moi je lui réponds qu'il ne faut quand même pas exagérer. Lana, elle a tendance à oublier, c'est son caractère, elle est comme ça, on dirait qu'elle ne se rappelle pas du foyer où on passait notre temps à frotter la merde des autres et où on se faisait engueuler. Moi je m'en souviens bien et pour rien au monde je n'y retournerais dans ce putain d'endroit comme dirait Kylie. Ça c'est clair. Et puis ma tante, elle a plein d'autres qualités même si c'est vrai qu'elle m'élève un peu à la dure. Au moins je me dis que je sais tout faire maintenant, je ne vais pas me retrouver complètement débordée avec le bébé à la différence de Sue qui est comme un coq en pâte chez elle.

Tout ça pour dire qu'à l'hôpital, ils m'ont expliqué qu'il fallait que je me repose. Ça signifie arrêter le lycée et en faire le moins possible à la baraque. Jenna était un peu verte quand ils lui ont annoncé ça, mais bon, elle n'a pas trop le choix. Le problème c'est que ça va être encore plus compliqué pour voir les filles. Entre Sue qui est ultra-surveillée et moi qui ne peux quasiment plus bouger, elle va commencer à perdre de son intérêt cette bande. Ce n'est pas qu'on soit centrales Sue et moi, mais chaque personnalité compte comme dirait Lana. Et une bande sans deux filles de la bande, ce n'est plus une bande.

Je reviens à mes moutons. J'ai téléphoné à Tim dès que j'ai vu que ça n'allait pas rapport aux saignements et il ne m'a pas rappelée. Je ne l'ai pas eu depuis d'ailleurs, malgré les nombreux messages que je lui ai laissés sur son portable. Qu'est-ce qui se passe ? Ça ne lui ressemble vraiment pas. D'habitude, on se téléphone au moins une fois par jour, même quand on se voit au lycée. Je n'y comprends rien. Il avait l'air plutôt heureux pourtant ces derniers jours. Je m'inquiète, il lui est probablement arrivé quelque chose, un accident, je ne sais pas. Vous ne croyez pas ? Vous êtes sûre, je ne dois pas me faire de souci ? Pourquoi il ne m'appelle pas alors ? Lana me dit qu'on ne sait jamais ce qui se passe dans la tête des garçons, qu'il est peut-être en train de réfléchir. Elle a l'air d'en savoir plus, mais elle reste discrète. Peut-être que Tim lui a parlé. En même temps, ça m'étonnerait, ce n'est pas son genre de parler aux filles, et puis, il a toujours eu un peu peur de Lana. Il dit qu'elle est trop « sauvage » même s'il comprend qu'elle m'a beaucoup aidée à l'époque où ma mère a grave merdé. Bon, j'aimerais bien qu'il me téléphone, y en a marre là, ça commence à bien faire. Je me sens un peu seule sans lui, même si les filles viennent et que je peux discuter avec vous. C'est lui le père après tout.

Kylie

Cette salope de Lorenne a parlé. Elle a pris le putain de pognon de la Fox. Elle s'est laissé convaincre. J'étais dégoûtée quand je l'ai vue à la télé, elle s'était même payé un brushing. Entre nous, elle ne ressemblait pas à grand-chose, elle n'était déjà pas jojo au départ mais là elle a dû prendre au moins vingt kilos, je ne vous raconte pas le massacre. D'accord, on a toutes l'air de baleines mais elle, je vous assure, c'est le pompon. Vous l'avez vue au fait ? Non ? Vous n'avez pas la télé à votre hôtel ? Ah si, vous me rassurez. À mon avis, vous pourrez vous rattraper, ils vont sûrement la rediffuser cette interview. On voit Lorenne vautrée sur son canapé avec sa mère à côté qui hoche la tête à tout ce qu'elle dit. Plus tard, elle se promène avec son petit copain le long du port sur fond de musique un peu niaise, genre romantique. Ils en font toujours des tonnes à la télé, vous ne trouvez pas ? Dans un sens, ça m'a fait un pincement au cœur parce que si on y réfléchit bien, c'est moi qui aurais dû être à sa place. Je l'aurais joué autrement, je vous promets. J'aurais choisi un beau fond, style soleil couchant sur les voiliers, et j'aurais mis mes plus belles sapes comme ma blouse en fausse soie couleur framboise. Elle fait bien ressortir mon teint, me dit maman. En ce moment, c'est de plus en plus compliqué de s'habiller. Plus rien ne me va dans mes anciennes fringues. Je suis allée dans un dépôt-vente avec ma mère pour trouver deux, trois trucs sympas histoire de tenir jusqu'à la fin mais je n'ai rien acheté de terrible à part la tunique. Du coup, je la mets quasiment tous les jours. Et si Kylie n'aime pas un truc, c'est bien s'habiller deux jours de suite de la même manière, je vous assure. Je trouve que ça fait vraiment pauvresse, limite sale. Les gens doivent se demander quand je lave mes habits et, pour moi, c'est super important ce que les gens pensent même si Lana dit qu'on en a rien à faire de personne.

Bon, revenons à notre sujet, c'est pas super intéressant les vêtements, Lana a raison. Ce qui compte, c'est ce qu'on a dans sa tête, et dans son âme évidemment. Sauf qu'une jolie frimousse en plus et un cul bien roulé, ça n'a jamais fait de mal à personne. Voilà, c'est ce que je dis, moi. Vous n'êtes pas d'accord ? Pourtant, vous deviez être pas mal avant, quand vous étiez jeune je veux dire. Ce que je vous expliquais c'est qu'en fait à la fois j'aurais aimé être à la place de Lorenne et en même temps je n'aurais pas trop su quoi raconter. Lorenne, elle a repris le discours officiel du maire. Elle a juré qu'il n'y avait pas de pacte, que tout relevait du hasard. « C'était un accident, elle a expliqué. Avec mon petit copain on a décidé de le garder parce que l'avortement c'est criminel. Le fœtus est déjà un bébé, une petite personne, le faire disparaître serait un assassinat. » Je suis assez d'accord avec ça, même si, franchement, ça m'étonnerait qu'elle n'ait pas fait exprès de tomber enceinte. Lorenne, ce n'est pas une copine à nous. Pour que les choses soient claires, elle ne fait pas partie de la bande. Elle n'est jamais venue à la caravane, elle ne connaît pas nos planques et encore moins nos secrets. Mais elle n'est pas si bête et elle laisse traîner ses oreilles. Elle a forcément eu vent de quelque chose, elle a voulu copier. Comme par hasard, elle s'est fait engrosser deux mois après les autres, alors que tout le monde à Gloucester savait déjà qu'on était en cloque. Bizarre, non ? Lorenne n'a aucune personnalité, elle a toujours voulu faire comme les autres. Alors elle a décidé d'avoir son petit bébé elle aussi, cette débile. Et maintenant, la voilà qui pavane, genre c'est elle qui a eu l'idée toute seule. Ça me crispe ce genre de truc.

Au début, j'ai pensé que ça craignait cette histoire de témoignage. Lana répète toujours qu'on a assez fait parler de nous comme ça, le but est de se faire oublier maintenant. Alors, Lorenne qui se fait sa pub, je me suis dit que ça tombait vraiment mal.

Lana m'a rassurée. Elle m'a expliqué qu'il fallait voir le bon côté des choses. D'après elle, c'est pas plus mal que la « thèse de la non-concertation » avance. Moins les médias en tartineront sur le pacte, plus ils nous ficheront la paix. Il y en a là-dedans, n'est-ce pas ? Je ne vous ai pas menti quand je vous ai dit que Lana était la plus intelligente de nous toutes. C'est un as, cette fille.

Lana

Je n'ai pas beaucoup de temps à vous consacrer, je vous préviens. En ce moment, c'est un peu le bordel. Cindy est complètement stressée car ce connard de Tim a disparu. J'ai essayé de le choper au lycée vu qu'elle ne peut plus y aller à cause de sa grossesse qui se complique. Il m'a évitée, il m'a fuie. J'en suis sûre. Je l'ai appelé, il était avec sa bande du hockey et il a fait semblant de ne pas me voir. Il est carrément parti dans l'autre sens avec ses potes et je n'allais quand même pas leur courir après avec mon énorme bide qui commence à tirer sérieusement. J'étais dégoûtée, mais il ne perd rien pour attendre celui-là. Ce n'est vraiment pas le moment qu'il se dégonfle. Je croyais lui avoir bien fait comprendre l'autre fois. Visiblement ça n'a pas suffi. Je pensais pourtant avoir été très claire. C'est un naze ce Tim, comme la plupart des mecs d'ailleurs. Je l'ai toujours pensé, même si je me suis bien gardée de le dire à Cindy. Elle est trop sensible. Cette fille, c'est peut-être la seule d'entre nous à avoir besoin d'un père pour son bébé. Après ce que lui a fait sa mère, elle n'a pas trop confiance en elle. Vous vous rendez compte, se tirer comme ça en laissant ses gosses tout seuls ! Une sacrée garce. Quand j'ai rencontré Cindy au foyer, elle pissait dans sa culotte toutes les nuits. J'étais obligée de l'aider le matin à faire sécher ses draps en douce pour éviter qu'elle se prenne une raclée par les surveillantes. J'en avais ras le bol de ces histoires de pipi. C'est vrai quoi, c'est un peu dégueu quand même. Mais je n'ai jamais rien dit. J'ai toujours senti qu'il fallait aider Cindy, qu'il fallait l'aimer. Elle n'allait pas bien à l'époque. Par exemple, elle ne supportait pas d'être dans le réfectoire ou dans le gymnase. Elle se prenait de ces suées. Elle était carrément en panique. Il paraît que ça s'appelle de l'agoraphobie. C'est la psy du centre qui me l'a dit un jour que je lui parlais de Cindy. Depuis qu'elle est avec sa tante, ça va beaucoup mieux pour elle. C'est une autre personne. Elle est plus relax, elle a rencontré Tim et, malgré ce que je pense de lui, c'est une bonne chose pour elle d'avoir quelqu'un pour la soutenir. C'est pour ça qu'il n'a pas intérêt à merder celui-là. Cindy ne supporterait pas de se faire plaquer après ce que lui a fait sa mère. Il pourrait comprendre au moins. Ce qui me rassure c'est que, l'autre jour, il m'a dit qu'il l'aimait toujours. Ça signifie juste qu'il a un petit passage à vide, un coup de flip, mais il reviendra, j'en suis sûre. S'il ne le fait pas, je vous jure qu'il aura affaire à moi et à quelques-uns de mes copains pas très fréquentables dont il ne soupçonne même pas l'existence. Si vous le croisez, conseillez-lui de bien réfléchir au petit Tim.

Pourquoi vous me dites ça ? Je me calme si je veux d'abord. Ce n'est pas à vous de me dire quoi que ce soit OK ? Sinon, je vous fous dehors à coups de pied au cul et on verra bien comment vous vous en sortirez avec votre fichu bouquin. Bon, d'accord, je baisse d'un ton. C'est vrai que je suis un peu nerveuse. Il y a de quoi, je vous assure. Hier, l'assistante sociale est venue nous voir, maman et moi, rapport au bébé. Ça fait deux semaines qu'elle nous a annoncé sa visite et, depuis ce jour-là, je suis incapable de fermer l'œil. Il a fallu que je gère ma mère qui est, de loin, le plus gros problème de cette maison. Elle passe dix heures par jour devant la télé à boire des sodas et à manger des beignets. Avec tous les médocs qu'elle s'enfile depuis des années, elle a perdu son regard, elle n'écoute plus quand on lui parle. Elle ne dit rien non plus d'ailleurs. Elle est devenue silencieuse. De temps en temps, elle m'attire à elle sur le lit et elle me serre très fort dans ses bras en me demandant pardon. Ça me bouleverse quand elle fait ça. J'ai envie de chialer moi aussi, mais je me retiens car c'est déjà suffisamment angoissant et puis je n'ai pas envie qu'elle sache que ça me rend horriblement triste de la voir comme ça, noyée dans la graisse de ses donuts, les yeux vitreux, sale à se boucher le nez. Alors je m'écarte d'elle le plus doucement possible et ses pupilles se fixent à nouveau sur l'écran qui bourdonne. Parfois, elle sort de sa léthargie pour gueuler un grand coup. Alors là je m'en vais parce que je sais que ça peut durer des heures, à tout casser, à crier, à me mettre la honte auprès des voisins qui n'en perdent pas une miette. C'est bizarre, c'est comme si elle se transformait en papa quand il avait bu, comme si elle voulait l'imiter ou quelque chose comme ça. Dans ces cas-là, elle veut tout ranger dans la baraque, elle part au supermarché remplir le frigo et nettoie de fond en comble en me disant que je ne suis qu'une petite souillon et que la maison est dégueulasse à cause de moi. Je n'attends même pas qu'elle ait fini, je me tire à la caravane ou chez Kylie s'il fait trop froid. Parfois j'y reste pour dormir tellement je n'ai pas envie de rentrer. De toute façon maman ne s'aperçoit même pas que je suis partie.

Tout ça pour vous dire qu'avec l'assistante sociale, ce n'était pas gagné. Hier, j'ai bien briefé maman. Je lui ai dit : « Il faut faire des efforts, avoir l'air réveillée, un peu sur le coup, quoi ! Sinon, ils risquent de m'enlever le bébé, ils sont capables d'écrire sur mon dossier que nous ne pouvons pas nous en occuper, qu'il y a déjà assez de problèmes dans cette maison avec papa qui a disparu et toi qui ne travailles pas, tu comprends ? C'est le moment de faire quelque chose pour moi. Tu dis souvent que tu m'aimes, c'est maintenant qu'il faut le montrer. On va commencer par aller prendre un bain, un bon bain chaud avec de la mousse, tu te souviens, tu aimais ça quand j'étais petite. Et après, je te laverai les cheveux. Je peux même te faire une couleur, j'en ai acheté un tube au supermarché : du brun avec des reflets auburn. Ça sera joli, tu verras. À quoi ça sert tout ça ? À faire bonne impression, maman. BONNE IMPRESSION. C'est pas si compliqué. On va ranger la maison, nettoyer la table du salon, préparer du café, et tu vas éteindre cette fichue télé pour qu'on ait l'air d'être bien toutes les deux, tu vois, d'avoir des trucs à se dire comme une mère et sa fille. Non, je te jure, ça ne va pas durer trop longtemps. Une heure ou deux grand maximum. Oui, bien sûr, après tu pourras rallumer la télé. C'est juste pendant que l'assistante sociale sera là pour qu'on puisse mieux discuter. C'est important pour moi, maman. S'ils me prennent le bébé, je me fous en l'air. J'ai pas fait tout ça pour ça, moi : avoir mon enfant qui se retrouve dans une famille d'accueil, il n'en est pas question. Ne pleure pas maman, je n'ai rien dit de si terrible, tu dois comprendre que c'est très important ce qui va se passer demain. Il ne faut pas merder cette fois, tu piges ? » Elle m'a fait oui de la tête et elle s'est retournée vers l'écran. J'ai quand même réussi à obtenir qu'elle se lave. Elle a mis sa jolie robe à fleurs mauves mais comme elle a pas mal grossi ces derniers temps, elle l'a craquée aux coutures sous les bras en l'enfilant. Je lui ai assuré que ce n'était pas très grave. Il suffisait qu'elle garde les mains sur les genoux, ça ne se verrait pas. Elle avait l'air très angoissée, elle pinçait sa bouche et se raclait la gorge. J'ai l'impression qu'elle avait pris plus de médocs que d'habitude car son regard était particulièrement vide lorsque l'assistante sociale est arrivée. Celle-là, j'ai tout de suite repéré le genre que c'était : soupçonneuse. J'en ai connu des comme ça au foyer. Ce sont des nanas qui partent du principe que tout ce que vous racontez sonne faux. Elles vous regardent l'air de dire : « Te fatigue pas, on me l'a déjà faite celle-là. » Alors, j'ai essayé de l'amadouer. Je lui ai servi un café avec des mini-muffins que j'avais achetés à la supérette. Au début, elle a dit : « Non merci », mais je les ai quand même laissés sur la table et ça n'a pas loupé, elle les a engloutis méthodiquement un à un. Ma mère a fait du mieux qu'elle a pu c'est-à-dire qu'elle ne s'est pas endormie au milieu de la conversation, ce que je redoutais vu qu'elle est capable de tout. Elle secouait la tête d'un air approbateur dès que je parlais. La femme lui a posé des questions comme : « Est-ce que vous aiderez votre fille à s'occuper du bébé ? » et elle a répondu qu'elle adorait ça, justement, s'occuper des nourrissons. Elle aurait bien continué mais je lui ai coupé la parole car sa voix était pâteuse et j'ai eu peur que la dame des services sociaux ne le remarque. Après on lui a fait visiter la baraque. C'était la partie que je redoutais le moins vu que c'est tout ce qu'on a, cette maison, et qu'elle a tout de même de la gueule. En tout cas, il y a déjà une chambre de libre pour le bébé et ça, ça a eu l'air de bien lui plaire à l'assistante. Mais bon, vous savez comment ils procèdent. Ils ne vous disent rien ces gens-là, ni la décision qu'ils ont prise ni quand ils vous donneront le verdict. Je les déteste pour ça : ils vous laissent mariner des semaines alors qu'ils tiennent votre destin entre leurs mains. Vous comprenez maintenant pourquoi je suis un peu à cran aujourd'hui ? Il y a de quoi, non ? Bon, je vous laisse, il faut que je passe chercher un pack de bières, je l'ai promis à maman pour la remercier des efforts qu'elle a faits. On va trinquer un petit coup ce soir. Quelle que soit la décision des services sociaux, on aura fait de notre mieux elle et moi.

Sue

Il paraît que Kylie est sens dessus dessous avec cette histoire de Lorenne. Elle s'invente vraiment des histoires pour rien celle-là. Il faut toujours qu'elle s'en prenne à quelqu'un. Quand ce n'est pas à moi, c'est à Cindy ou à une autre de la bande. À tout le monde en fait, sauf à Lana qu'elle n'oserait jamais critiquer. Je suis sûre qu'elle me soupçonne, Kylie. Elle doit penser que c'est moi qui ai refilé le plan de la Fox à Lorenne. Ce n'est pas complètement faux d'ailleurs. Mais chut, pas un mot, je n'ai aucune envie qu'elle me tombe dessus comme une furie. J'ai déjà assez à faire avec mes parents comme ça. Ils me fliquent du matin au soir. Le bon point c'est que mon père me lâche un peu avec cette histoire de test ADN. Je ne suis pas convaincue qu'il ait vraiment envie de savoir au fond. Le seul truc qui lui importe c'est que je ne lui ramène pas un petit métèque à la maison. J'ai l'impression qu'il est un peu rassuré de ce côté-là. Il peut l'être d'ailleurs, c'est pas trop mon genre non plus de coucher avec des gens de couleur. Ce n'est pas que j'ai quelque chose contre eux, non, mais je ne sais pas, ça me dégoûterait. C'est vrai, ça ne se dit pas, la vérité c'est que je les trouve un peu sales, je n'aime pas leur odeur. Je ne parlerais jamais comme ça devant Lana, vous avez raison. Elle est super sensible sur la question du racisme. Une fois je l'ai vue se battre parce qu'un gars de l'école s'était payé la tête d'une Noire. Lana, ça l'a mise dans une telle rage. Je me souviens qu'elle a littéralement assommé le type. Elle l'a frappé à coups de pierre, il saignait du crâne. Après, elle nous a tous regardés avec des yeux de folle. Elle me fait un peu peur Lana quand elle pique des crises comme ça. Mais bon, je ne peux rien dire, j'étais bien contente moi aussi qu'elle soit là pour me défendre quand je m'en prenais plein la tête à cause de ce qu'avait fait mon père. Lana, elle dit toujours qu'elle déteste les injustices, c'est pour cela qu'elle défend les Noirs et les gens de couleur. Moi, sur ce point, je suis plutôt d'accord avec papa : on ne va pas payer l'esclavage pendant encore cent cinquante ans. Il faut arrêter avec ça. Peut-être bien que si les Noirs se retrouvent toujours en galère c'est parce qu'ils ne se débrouillent pas si bien tout seuls. Je dis pas que tout est leur faute, mais ils ont une façon de nous accuser de leurs malheurs, nous, les Blancs, qui est vraiment énervante. Si Lana entendait ça, elle me tuerait. Je compte sur vous pour ne pas lui répéter. Et puis, je m'en fiche après tout, j'ai bien le droit d'avoir ma propre opinion, non ?

Pour en revenir à Lorenne, je l'ai pas mal vue ces derniers temps. Je ne vais plus au lycée, mes parents trouvent que c'est plus simple pour m'avoir à l'œil. De toute façon, je suis trop fatiguée pour suivre des journées entières de cours. Alors je regarde la télé, j'aide ma mère à préparer des trucs pour la brocante de la paroisse et je fais les devoirs que m'apporte Lorenne. Pourquoi elle ? C'est vrai, elle ne fait pas partie de la bande, mais c'est une des seules que mes parents supportent. Sa famille est croyante comme la mienne et elle a un petit copain officiel, ça rassure ma mère. C'est elle qui a tout organisé pour que Lorenne me transmette les devoirs, alors on a appris à se connaître. Je sens qu'elle n'aime pas trop Lana et encore moins cette garce de Kylie, mais elle ne dit rien, elle est maligne. J'ai découvert une fille super sympa. Elle est trop heureuse d'être enceinte, elle dit que c'est sûrement le meilleur moment de sa vie. Moi je n'en suis pas tellement sûre, me sentir comme une grosse vache ce n'est pas mon truc. Mais ça fait du bien d'entendre quelqu'un d'optimiste. Avec les filles du groupe on ne peut pas vraiment parler de nos petits tracas de grossesse style les jambes qui gonflent, l'acné, les nausées : Lana trouve que ça fait bébête. Elle préfère qu'on discute de l'après, quand on aura les enfants. Elle veut qu'on les élève ensemble, qu'on se retrouve à la caravane pour les nourrir, les changer, pour qu'ils soient un peu comme des frères et sœurs. Au début, je trouvais ça génial comme idée mais plus le temps passe, moins ça me paraît crédible. J'adore les filles, attention, je ne dis pas le contraire. Je n'oublie pas les promesses qu'on s'est faites, mais il faut être réaliste, on est mineures, on doit rester chez nos parents, on a des études à finir et c'est à la maison qu'on pourra le faire. Et puis, je vois mal mes parents me laisser traîner avec les filles après tout ce qui s'est passé. Lana et ses rêves c'est bien joli, j'y ai cru pendant longtemps c'est vrai, mais quand Lorenne me dit que c'est un peu bizarre tout ça, je me demande si elle n'a pas raison.

Kylie

C'est une fille, je vais avoir une fille ! Maman a été géniale, elle m'a payé une échographie. On y est allées ensemble toutes les deux. Je l'ai tannée pendant des semaines avant qu'elle accepte. En ce moment, on n'a pas d'assurance maladie, maman dit qu'on ne peut pas se le permettre, alors le suivi de la grossesse c'est tout pour notre pomme. Du coup, on fait le minimum. En six mois, je ne suis allée qu'une seule fois chez le médecin. Mais l'écho, j'y tenais vraiment. Un cousin de ma mère est trisomique et ça m'a foutu la trouille parce que j'ai vu sur Internet que c'était génétique. Pas question pour moi d'avoir un triso. Je suis pas comme Sue et plein d'autres nanas qui estiment qu'il faut prendre ce que Dieu vous donne comme un cadeau même si c'est un bébé tout de traviole. Je leur ai dit aux filles la dernière fois qu'on s'est vues : « Si mon enfant est anormal, je l'abandonne direct. » Elles étaient choquées. Elles m'ont répondu : « Tu ne peux pas faire ça, Kylie, c'est horrible. » Même Lana pense qu'il faut garder les bébés quoi qu'il arrive. On s'est donné assez de mal pour ne pas tout foutre en l'air. Elle a ajouté que je le regretterai toute ma vie si je faisais un truc pareil. Moi je ne suis pas d'accord. Je suis super jeune, des enfants, j'en aurai sûrement d'autres, donc je ne vais certainement pas me retrouver avec un boulet pour le restant de mes jours. En plus, ça coûte un putain de pognon ce genre de gamins. Je sais de quoi je parle. Ma tante et mon oncle se sont ruinés avec leur fils. Et leur couple n'y a pas survécu. Tonton Jo s'est barré quand le petit avait huit ans. Il a promis de continuer à s'en occuper, mais tu parles, s'il passe une fois par an c'est le bout du monde. Remarquez, il envoie des chèques, c'est déjà ça. C'est pas mon père qui en ferait autant, je vous le garantis. Bref, je n'ai aucune envie qu'il m'arrive un truc pareil. D'ailleurs, ça n'arrivera pas. À l'échographie, ils m'ont assuré que tout était nickel. La petite est bien ronde, le médecin m'a dit qu'elle serait sûrement grande. Maman s'est exclamée : « Tant mieux, on en fera un mannequin ! » Je m'imagine déjà en train de gérer la carrière d'une belle gigue genre Gisele Bündchen, vous connaissez ? Non ? C'est une top-modèle brésilienne. Vous n'avez pas l'air très calée en people, vous ! Bon, c'est pas grave, on n'est pas là pour parler de ça, c'est vrai. En tout cas, je suis bien rassurée. Maman a été extra de me payer ça, elle a dû faire des soirées supplémentaires au club, c'est vraiment cool de sa part. Surtout qu'elle me raconte que l'ambiance dégénère de plus en plus là-bas : il y a plein de gros lourdauds qui essaient de lui mettre la main au cul.

L'échographie, c'est vraiment magique, vous savez. On entend battre le cœur du bébé et ça va super vite. Au début, je m'inquiétais, je me suis dit : « J'espère que ce n'est pas un problème cardiaque », et puis le médecin m'a expliqué que c'était complètement normal, les fœtus, ils ont le cœur qui va vite, peut-être que c'est parce qu'ils ont hâte de sortir ! Je l'ai vue bouger, aussi. Elle était trop mignonne, j'ai vraiment hâte de la connaître. Si on voulait, on pouvait avoir une vidéo sur cédérom mais ça coûtait un supplément et maman a répondu que ça suffisait comme ça les dépenses. Dommage. J'aurais pu me la repasser en boucle. Au fait, ne le lâchez pas aux autres filles que j'ai fait l'écho. Elles seraient trop jalouses. Lana dit qu'elle s'en fiche, elle préfère garder le mystère intact. Les autres répètent la même chose comme des toutous. Alors, motus, je ne veux pas faire d'histoires, moi.

Cindy

Je n'arrête pas de penser à Tim. Il me manque, vous ne pouvez pas savoir comment. Dès que le téléphone sonne, je sursaute tellement j'espère que ce soit lui. Mais ce n'est jamais Tim qui appelle. C'est Lana ou une autre fille de la bande. Elles essaient de me remonter le moral, je le vois bien. Elles me disent : « Ne t'en fais pas, il va revenir, il a juste un coup de blues, il n'arrive pas à assumer. » Je les écoute, j'ai envie de les croire et, en même temps, je ne suis pas sûre que ça les rende si tristes que ça que Tim ait disparu de la circulation. Surtout Lana. Ma tante prétend qu'elle veut m'avoir pour elle toute seule. Des fois, je pense qu'elle n'a pas tort. Avant, ça ne me serait jamais venu à l'esprit un truc pareil. Maintenant, je vois le mal partout. Ça doit être les hormones. Jenna préfère croire que c'est parce que je mûris. Je n'en suis pas si sûre. En fait, si vous voulez tout savoir, j'en veux à Lana. Ce n'est pas super grave ce qu'elle a fait mais ça me suffit pour avoir les nerfs contre elle. La semaine dernière je suis revenue au lycée vu que je n'avais plus de saignements et que je me sentais en forme. Aux toilettes, j'ai surpris une conversation qui ne m'a pas plu du tout. Lana expliquait à Kylie qu'elle était allée parler à Tim ou bien l'inverse, peut-être que c'était lui, ce n'est pas très important. Déjà, là, j'ai eu les boules parce qu'elle ne m'avait rien dit alors que dans la bande on est censées ne pas avoir de secrets. Secundo, je n'ai pas apprécié la manière dont elle a parlé de lui. Elle expliquait qu'il était complètement à côté de la plaque, ce qui est sûrement vrai sauf que ça ne se dit pas comme ça. Et puis, elle n'arrêtait pas de répéter « ce connard de Tim », et ça, je n'ai pas du tout aimé. Ce n'est pas une façon de traiter les gens et surtout pas mon Tim même s'il n'assure pas en ce moment, je le reconnais volontiers. Ça m'a fait penser à l'autre fois, quand vous m'aviez demandé si ça ne posait pas de problèmes que je sois maquée et les autres pas. Je vous ai répondu non et je vous jure que c'était hyper spontané. Mais ensuite, ça m'a fait réfléchir. Je ne vous cache pas que, parfois, je pense qu'elles sont un peu jalouses de moi. Ce n'est pas qu'elles voudraient Tim, je sais qu'elles ne le trouvent pas assez rebelle pour elles. C'est le fait que moi j'ai les deux qui les turlupine, la bande et un amoureux en même temps. Elles ont beau crier haut et fort qu'elles sont très bien toutes seules et qu'elles n'auront besoin de personne pour élever les bébés, je suis sûre que de temps à autre ça leur traverse l'esprit d'avoir un copain. Peut-être pas Lana, elle a vraiment un rapport particulier avec les garçons, mais Kylie, ça ne m'étonnerait pas. Je me souviens d'un jour où Tim m'avait offert une bouteille de parfum pour mon anniversaire. Lana a décidé que je ne devrais pas la garder chez moi, elle resterait à la caravane, elle appartiendrait à tout le monde. J'ai dit oui, bien entendu, ça ne me serait jamais venu à l'idée de refuser, j'aurais eu trop peur de décevoir Lana. Le flacon est donc resté là-bas, et un samedi, avant d'aller faire notre business sur la voie ferrée, on s'est toutes parfumées avec. Et puis Kylie a dit : « Ça me fait bizarre quand même, ça appartient à Cindy. » Elle m'a adressé un sourire gêné et j'ai compris qu'elle trouvait que ça ne se faisait pas d'utiliser un cadeau comme ça. C'est là que j'ai pigé qu'elle était super romantique sous ses airs.

Cette semaine, il s'est passé quelque chose dont je voulais vous parler : je ne suis pas allée à la caravane pour la première fois depuis qu'on l'a aménagée. C'est Lana qui avait organisé le rendez-vous. Elle nous avait prises à part dans la cour et nous avait dit : « Jeudi soir, là où vous savez », avec le regard brillant. Les filles ont toutes topé, moi aussi. Seule Sue était absente, elle ne vient plus au lycée. Lana trouve qu'elle s'éloigne de nous, mais ça, c'est une autre histoire. Ce que je voulais vous dire c'est qu'en rentrant à la maison ce soir-là je me suis dégonflée. Je me sentais triste, fatiguée, je n'arrêtais pas de penser à Tim. Je l'avais vu de loin au bahut et il avait fait semblant de ne pas me connaître. J'avais pourtant tout prévu pour m'éclipser. J'avais raconté un gros bobard à Jenna pour lui faire croire que j'allais faire un devoir d'espagnol chez une copine, mais au dernier moment je me suis dit : « À quoi bon ? » C'est vrai, ça sert à quoi d'aller traîner là-bas, en ce moment ? Je ne vois pas trop ce que ça peut m'apporter. Je suis tellement déprimée à cause de Tim que je ne m'imagine pas rigoler avec les filles. Et puis, ce n'est pas avec elles que je vais parler du fait qu'il me fuit. Elles ne comprendraient pas, ou alors elles seraient trop contentes, et, même si elles le cachaient, je le sentirais. Lana voulait qu'on parle de l'« après », de quand on aura accouché. C'est son grand truc. Ce n'est pas trop un sujet qui me plaît pour le coup. Je vais vous confier quelque chose : je me dis de plus en plus que si Tim revient c'est avec lui que j'ai envie d'élever notre bébé. C'est sûr, je ne vais pas m'éloigner des filles comme ça, on a toutes juré qu'on serait comme des sœurs qui partageraient tous les problèmes d'éducation ensemble. Je compte bien m'y tenir tout en laissant une place à Tim. Ça vous paraît compliqué ? Je ne vois pas vraiment pourquoi je devrais choisir entre les filles et mon mec, ça ne se demande pas des choses pareilles ! C'est vrai, j'avoue, je suis un peu embrouillée en ce moment. C'est parce que je suis inquiète. En plus maintenant je m'inquiète de la réaction des filles. Lana a essayé de me joindre jeudi soir. Je n'ai pas répondu au téléphone. Est-ce qu'elle me fait peur ? Non, pas du tout, qu'est-ce que vous allez chercher là ? Je pense que je vais inventer un gros bobard du genre : « Je suis tombée dans les pommes, ma tante n'a pas voulu que je ressorte. » Vous pensez que ça marchera ?

Lana

Cindy n'est pas venue. C'est la première fois qu'elle me fait un coup pareil. À mon avis, c'est sa tante qui l'a empêchée de nous rejoindre. Ce n'est pas possible autrement. Jamais elle ne m'aurait posé un lapin comme ça, sans raison. Autant Sue, je n'ai plus trop confiance, mais Cindy c'est comme ma sœur. On a été au foyer ensemble je vous rappelle, et ça, ça crée des liens. À part Sue et Cindy, toutes les autres filles étaient là. J'avais décoré la caravane pour l'occasion avec de vieilles guirlandes d'Halloween qui traînaient chez moi et dont on ne se sert plus depuis belle lurette. J'avais aussi amené les éventails que ma mère a rapportés d'un voyage au Mexique. Parce que tout ce qui me rappelle le Mexique, j'adore. C'est un de mes premiers souvenirs. Je devais avoir trois ou quatre ans. Papa travaillait encore sur le chalut et il avait économisé pour qu'on puisse s'offrir ces vacances. Comme ça lui faisait un peu peur d'aller trop loin, on est restés à Tijuana, juste de l'autre côté de la frontière, ce qui faisait déjà une sacrée trotte. On était dans un hôtel rempli d'Américains. Il n'y avait que ça d'ailleurs dans toute la ville. Le buffet était somptueux et à volonté, le rêve. Moi je m'en fichais un peu parce que je n'aimais pas grand-chose à part les frites et les sorbets, mais c'était magnifique à regarder. Papa et maman sirotaient des cocktails de toutes les couleurs et dansaient le soir au son des mariachis. Ils s'entendaient bien à cette époque, ils étaient beaux, j'étais vraiment fière d'eux. J'ai toujours sur moi une photo de cette semaine-là. Les parents n'avaient pas d'appareil alors le photographe de l'hôtel nous a proposé de poser pour lui. Je me souviens, il tenait son boîtier d'une main et de l'autre il faisait des blagues pour me faire sourire. Papa prend un air super sérieux, style « Je suis le chef de famille », et maman et moi on rigole. Je tiens une glace avec au moins trois boules, en fait, on ne voit pas très bien les couleurs car elle était en train de fondre. Cette photo, je la regarde tout le temps. Je ne la montre à personne, même pas aux filles. C'est privé. Quand je pense au bonheur, je me souviens de cet hôtel à Tijuana, de la chaleur, de la piscine dans laquelle je me jetais sans peur avec mes bouées rouges et de papa et maman qui se donnaient la main en me regardant jouer. Ma mère m'a dit plus tard que c'était leur voyage de noces. Ils n'avaient pas pu faire celui qui était prévu après leur mariage comme c'est la tradition, parce que mon père s'était cassé la jambe pendant la fête. Il avait trop bu évidemment, alors il est tombé dans un trou en courant avec ses copains. Résultat : une fin de noces à l'hôpital et le voyage annulé. Ils avaient le projet de se rendre à Miami d'après ce que m'a raconté maman.

Parfois je me dis qu'on devrait peut-être aller là-bas, au Mexique, avec les filles et les bébés. Je suis sûre que ça serait un bon climat pour eux. Au début, on pourrait vivre sur la cagnotte, puis on trouverait des boulots. Je n'ai pas encore osé en parler à la bande. Ce n'est pas le moment. Laissons d'abord arriver les enfants, on verra après. Pour l'heure, ce qui me tracasse, c'est l'absence de Cindy l'autre jour. J'ai tout de suite remarqué qu'elle n'était pas là. On était huit en tout. Kylie a distribué de la Bud light que sa mère avait rapportée du club. C'était cool parce qu'il fait encore très chaud. Une autre fille était venue avec des tacos et on s'est fait un bon petit gueuleton. Après, on s'est allongées avec les éventails. Pour une fois, ils servaient à quelque chose. D'habitude, ils prennent la poussière sur une étagère du salon. Maman ne veut pas que j'y touche parce que c'est son seul souvenir de Tijuana vu que la photo c'est moi qui l'ai. Ça, elle ne le sait pas. Elle pense que papa est parti avec, mais je l'ai retrouvée avec son portable après son départ. Tout ça pour dire qu'elle n'aimerait pas savoir que je me balade avec ses éventails, ma mère. Tant pis pour elle, si elle s'était réveillée je lui aurais peut-être demandé la permission.

Je ne sais pas ce qui s'est passé dans la tête de Cindy. J'ai essayé de l'appeler, mais elle n'a pas décroché. Du coup, la soirée a été un petit peu ratée pour moi. Même si on n'en a pas parlé entre nous, il y avait comme un malaise. Je sais que tout le monde y pensait. Sue et Cindy en moins, ça fait bizarre. On a laissé passer le temps en écoutant de la musique et finalement je n'ai pas parlé des bébés, de ce qu'on allait faire après, j'ai eu le pressentiment que si je le faisais ça allait casser encore un peu plus l'ambiance. Je ne sais pas pourquoi, mais dès qu'on aborde le sujet en ce moment, j'ai comme l'impression qu'elles cherchent toutes à l'esquiver. Peut-être que je me fais des idées. En tout cas, j'en ai un peu assez de consoler les unes et les autres. Moi aussi j'ai des problèmes. Cette putain d'enquête sociale, je vous jure, ça me mange la tête. Je n'arrête pas de penser à ce que j'ai dit, si j'ai bien fait. J'espère que maman n'aura pas donné une trop mauvaise impression. J'ai passé un coup de fil aux services du comté pour avoir des nouvelles. Ils m'ont répondu qu'ils m'enverraient un courrier, que de toute façon ils n'annoncent rien par téléphone. Aïe, excusez-moi j'ai vraiment mal au ventre, là. Il faut que je m'allonge. Je ne veux pas vous mettre à la porte, mais j'ai besoin d'un peu de repos. Je vais penser à tout ça, à Cindy, aux filles, à après. Je trouverai bien une solution pour que tout redevienne comme avant. Je me débrouille toujours pour trouver une solution, ne vous en faites pas pour moi. Lana s'en sort toujours.

Kylie

Je sais ce que vous vous dites : on doit sacrément s'emmerder ici pour concevoir un plan pareil, tomber enceintes si jeunes et en même temps. Vous venez d'une grande ville, ça ne doit pas arriver tous les quatre matins des trucs de ce genre. Ne me dites rien, je connais la réponse. Si on n'avait pas fait quelque chose d'énorme, jamais vous ne vous seriez déplacée jusqu'ici. Vous n'avez pas tort. C'est vrai qu'il n'y a pas une agitation débordante à Gloucester. Pour tout vous dire, s'il n'y avait pas eu le tournage du film avec George Clooney et Mark Wahlberg, *En pleine tempête*, on n'aurait pas vu grand-chose dans le coin, je le reconnais. On était des gamines, c'était en 2000, mais je m'en souviens comme si c'était hier. Vous imaginez un peu, toute une équipe de tournage installée pendant quatre mois en ville ! C'était une putain d'aventure. Vous avez vu le film ? NON ? Pourtant, ça a cartonné au box-office. C'est l'histoire de pêcheurs d'ici qui ont fait une mauvaise saison et qui décident de se rendre au large des Grands Bancs de Terre-Neuve pour trouver du poisson. Mais, là, pas de bol, les éléments climatiques se déchaînent et il leur arrive plein de malheurs. C'est un peu un film catastrophe quoi, mais super bien fait : on se croirait au cœur du cyclone. L'équipe du film était hyper cool. D'abord, ils ont embauché des pêcheurs du coin pour jouer leurs propres rôles. Et puis ils ont fait passer des castings dans la ville pour les figurants. Évidemment, maman m'a accompagnée. Et devinez qui ils ont retenu pour jouer une des gosses ? La petite Kylie, bien sûr ! Il faut dire qu'avec les Mini-Miss, j'avais déjà de l'entraînement niveau comédie, même si maintenant je vois la différence. Je devais jouer une courte scène, une gamine qui se jette dans les bras de son père quand il rentre de l'expédition. C'est l'un des survivants, un collègue du héros joué par Clooney. Ça ne dure que quelques secondes et on ne me voit pas très bien parce qu'il est censé pleuvoir alors ils m'ont mis une capuche sur la tête, mais j'ai quand même tourné avec George Clooney, merde, c'est quelque chose ça ! D'ailleurs, pour tout vous dire, il m'a caressé la joue. Quand je raconte ça aux filles, je vois bien qu'elles sont vertes de jalousie. Avec ma mère, on allait tous les jours sur le tournage après son boulot. On pouvait rester des heures comme ça à regarder derrière les barrières métalliques. Il n'y avait pas grand-chose à voir vu que l'essentiel du tournage qui se passait sur le bateau s'est fait en studio, mais rien que pour les moments qui se déroulaient à terre, ça valait le coup. Les techniciens étaient super sympas. Ils nous ont vite repérées avec maman, parce que maman, vous l'avez compris, on la repère toujours très vite, surtout les hommes, et parce qu'en plus, on était aux premières loges. Un jour, l'un d'eux m'a dit : « Viens par là ma puce, tu verras mieux. » Il m'a attrapée par la taille, j'ai volé dans les airs et il m'a installée sur le toit d'une voiture de l'autre côté. Maman est venue s'asseoir avec moi et on était vraiment les reines. Les jours suivants, on est remontées sur la voiture comme si de rien n'était et personne ne nous a fait de remarques. On avait nos petites habitudes, on apportait nos sandwichs et l'équipe nous offrait une canette de soda de temps en temps. Il faut dire qu'ils en avaient des tonnes, des réfrigérateurs remplis, « Ordre de la production », ils nous disaient. Il y avait pas mal de bières à l'intérieur et maman m'a dit que c'était pour déstresser les acteurs, surtout les non-professionnels, les gars de chez nous qui jouaient leur propre rôle et qui n'étaient pas du tout habitués à ce putain de barnum. Et c'est là, alors que j'allais me servir un Fanta tranquillos, que Clooney en personne s'est approché de moi et m'a pincé la joue avec un grand sourire. Quand je repense à cet instant, je n'en reviens toujours pas. C'était magique. Je me suis sentie rougir. Pendant des années, j'ai pensé à ces quelques secondes le soir avant de m'endormir. Je me disais que c'était le meilleur moyen pour chasser les cauchemars. Il m'arrive encore de sentir la main de George contre ma joue et ça me donne des frissons. Ma mère, elle, elle était à moitié dans les pommes sous le coup de l'émotion. Elle n'en revenait pas. Ensuite, elle n'arrêtait pas de me répéter : « Tu te rends compte Kylie, George Clooney t'a remarquée, c'est dément ! » À l'époque, elle n'avait pas de téléphone portable alors elle n'a pas pu prendre de photos de moi et George. C'est dommage, je les aurais bien montrées à ma fille quand elle sera plus grande.

Cindy

Ce week-end je suis allée en prison. Ça vous en bouche un coin, hein ? comme dirait Kylie. Vous vous demandez ce que je suis allée faire là-bas. Eh bien oui, je suis allée voir mon père. Ça faisait des semaines que ça me trottait dans la tête alors j'ai fait une demande de visite qui a tout de suite été acceptée. Mon père n'est pas considéré comme un détenu dangereux. Il a été condamné pour escroquerie. Je ne dis pas que c'est rien, attention. Avec un de ses copains, ils se faisaient passer pour des agents immobiliers et vendaient des maisons à trois, quatre personnes en même temps. Les transactions n'allaient jamais jusqu'au bout, mais suffisamment loin quand même pour qu'il puisse toucher plusieurs fois sa commission. Pour ne pas se faire choper, il utilisait plusieurs identités et avait au moins une dizaine de sociétés avec des noms différents. Il a gagné un paquet de pognon, d'après ce qu'ils ont écrit dans les journaux, même si j'en doute un peu étant donné qu'on n'en a jamais vraiment vu la couleur. Ma tante pense qu'il a sûrement un magot caché quelque part qu'il récupérera lorsqu'il sortira. Normalement, s'il se conduit bien, il en a encore pour deux ans. Il a toujours prétendu qu'il avait tout dépensé. Je suis sûre que c'est pour ne pas rembourser les victimes, alors il a intérêt à faire gaffe. Enfin, moi je dis ça comme ça, je n'ai pas trop d'idées sur la question, en fait. Je ne sais pas ce que vous pensez, mais ce n'est pas la raison pour laquelle je suis allée lui rendre visite. Je préfère me débrouiller toute seule plutôt que de lui demander un centime. Ça a été un sacré choc cette rencontre. Ça faisait cinq ans que je ne l'avais pas vu. Quand il s'est fait arrêter, j'étais encore une gosse, j'avais des couettes et il tirait dessus pour rigoler en m'appelant son « petit lapin ». Rien que d'y repenser, ça me serre la gorge, j'en ai les larmes aux yeux. À vrai dire, je ne l'ai même pas reconnu à la prison. Ils m'ont fait poireauter des plombes avant de le voir. Je suis passée par je ne sais combien de détecteurs de métaux et les gardiennes m'ont à moitié mise à poil pour voir ce que j'avais sous ma robe. La femme d'un détenu qui attendait avec moi m'a raconté que c'était toujours le même cirque le parloir. La fouille est interminable, à croire qu'ils veulent dégoûter les gens de venir, elle m'a dit. Ils se méfient de tout, même des femmes enceintes, ils veulent vérifier si ce n'est pas bidon et si elles ne cachent pas des trucs interdits sur leur ventre. Moi je n'avais rien à dissimuler, vous pensez bien. C'est simple, j'y suis allée les mains dans les poches ou presque. Dans mon sac, il y avait mon portefeuille avec mes tickets de bus et deux ou trois dollars, un paquet de mouchoirs et un livre historique que j'ai emprunté à la bibliothèque. Quand ça a été enfin mon tour, le stress a commencé à monter. Je me suis mise à avoir très chaud, je pense que je ne devais pas avoir l'air bien parce qu'une surveillante m'a proposé de m'asseoir et de boire un verre d'eau, et visiblement ce n'est pas vraiment leur truc des attentions pareilles. Et puis, il est arrivé. Quand je vous dis que je ne l'ai pas reconnu c'est archi-vrai, ce n'est pas pour faire la maligne. Au début, je me suis carrément dit qu'ils s'étaient trompés de type. J'ai regardé autour de moi genre « cherchez l'erreur » et c'est à ce moment que j'ai entendu « mon petit lapin » et tout est revenu avec sa voix. C'est vrai, j'étais très jeune quand il est parti de la maison, mais je vous jure que la prison ça l'a bien amoché. Papa, c'était plutôt un bel homme. Je me souviens de ses costards toujours impeccables et de sa chevelure épaisse coiffée en arrière. Là, il portait un pyjama de la prison, ça c'est normal, mais surtout, il a perdu quasiment tous ses cheveux. J'en aurais pleuré tellement ça me faisait de la peine pour lui. Lui qui était tellement fier de sa tignasse, il se retrouve avec trois poils sur le caillou qu'il est obligé de peigner de bas en haut pour cacher sa calvitie. C'est pitoyable. Il m'a souri tout de suite et c'est là que j'ai vu qu'il a aussi perdu presque toutes ses dents, il a de grands trous dans la bouche et je me suis dit que pour un baratineur comme lui, ça devait être sacrément dur à vivre. Je crois qu'il était presque aussi surpris que moi. À mon avis, dans sa tête, j'étais encore une petite fille, et là, il me retrouve en cloque, ça lui a fichu un coup de bambou. Il a bégayé : « Mais tu as quel âge ? » en regardant mon ventre, comme s'il avait loupé un épisode et j'ai eu envie de lui répondre : « Ce n'est pas quelques épisodes que tu as loupés, c'est un paquet de films et c'est ta faute, tu n'avais qu'à pas merder comme ça. » Mais je n'ai rien dit. Pendant cinq ans, je n'y suis pas allée parce que je lui en voulais de nous avoir laissés tomber comme ça et de tout ce que ça a provoqué, le départ de maman, mon placement en foyer et tout le reste. Si j'ai changé d'avis c'est à cause du bébé, je voulais lui annoncer en personne plutôt que dans une lettre, je n'aurais pas su trouver les mots. Il a eu l'air assommé, il ne s'y attendait vraiment pas à celle-là. Comme tout le monde, il m'a demandé si c'était un accident et ça m'a super énervée même si je n'ai rien montré parce que je n'étais pas là pour faire des histoires. Je lui ai expliqué que j'avais un petit ami et qu'on avait même l'intention de se marier. Bon, OK, là j'ai un peu abusé, mais il fallait que je simplifie, vous comprenez. Évidemment, je n'ai pas raconté l'histoire avec les filles car, de toute façon, il n'aurait pas compris alors ça ne servait à rien que je l'embrouille avec ça. Il m'a demandé s'il pourrait venir voir le bébé en sortant, il l'a dit comme ça, tout doucement, comme s'il avait peur que je lui mette une claque et j'ai répondu : « On verra », parce que c'est vrai, je ne peux pas savoir maintenant ce qui va se passer pour moi, comment je vais vivre les choses et si j'ai envie de le revoir ou non. Tout d'un coup, j'en ai eu un peu marre d'être là. Le regard des matons m'effrayait et celui de mon père encore plus. Je voyais bien qu'il voulait que je lui dise que je l'aimais, que je lui avais tout pardonné, il prenait son air de chien battu, sûrement le même que lorsqu'il roulait des petits couples de retraités. Il fallait que je parte, que je trouve une excuse, alors je lui ai dit : « Tiens, je t'ai apporté quelque chose », et je lui ai montré le livre de la bibliothèque parce que c'était le seul truc que je pouvais lui donner. Il a eu l'air un peu surpris à cause du titre : *Princesses au Moyen Âge*. Il m'a juste dit : « Merci mon petit lapin. » Je ne pouvais même pas lui faire la bise car il y avait une vitre en Plexiglas entre nous alors je me suis levée, je lui ai fait un coucou de la main et je suis partie sans me retourner.

Sue

Cindy est venue me voir aujourd'hui. Elle m'a transmis un message par Lorenne me disant qu'elle voulait me parler alors je lui ai suggéré de sonner vers seize heures quand maman irait aider papa au magasin. Mes parents n'aiment pas tellement Cindy non plus parce que son père est en prison. Je trouve ça gonflé de la part de mon père d'employer des arguments pareils car lui aussi il aurait pu se retrouver en cabane s'il n'avait pas eu autant de chance. Passons. Vous imaginez bien que si je m'aventurais à lui balancer un truc de ce style, je me prendrais une grosse baffe, et ces jours-ci je n'ai pas super envie de me faire frapper. Alors j'écrase. Pour en revenir à Cindy, elle est bouleversée. Elle est allée voir son père en taule ce que je trouve un peu dingue quand même. Je lui ai dit : « Ce n'était peut-être pas le bon moment », mais elle m'a répondu : « Justement, il fallait que je le fasse. Il faut toujours se réconcilier avec ses parents avant d'avoir des enfants. » Ça m'a fait sacrément réfléchir cette phrase. Finalement je me dis qu'elle n'a peut-être pas tout à fait tort. C'est assez chrétien comme réponse. Du coup j'en ai parlé à maman, sans lui préciser que ça venait de Cindy et elle a approuvé. N'empêche que Cindy n'avait pas l'air très bien. Elle m'a avoué qu'en définitive elle s'était habituée à l'absence de son père, il ne lui manquait pas du tout et maintenant qu'elle l'avait revu, elle n'arrêtait pas de penser à comment il était avec elle quand elle était petite. Et c'est vrai que ce devait être un chouette papa, du genre qui faisait fondre des Chamallows sur le barbecue pour faire plaisir aux gosses et qui les emmenait toujours voir le dernier Disney. Quand elle me raconte son enfance, Cindy, je me dis que ça a dû lui faire un choc quand tout s'est effondré. C'est pour ça qu'elle est retournée voir son père. Elle veut tourner la page, penser à son bébé, à la famille qu'elle va lui donner. Elle m'a expliqué qu'elle autorisera son père à venir les voir quand il sortira de prison. Elle veut que le bébé puisse le connaître. Peut-être même qu'il habitera chez eux un temps, mais ça, ce n'est pas gagné parce que ça m'étonnerait que sa tante accepte. Mais bon, ce ne sont pas mes histoires, après tout.

Et puis Tim l'avait rappelée et elle était super contente. Il s'est excusé de l'avoir laissée si longtemps sans nouvelles, il est un peu chamboulé ces temps-ci. Il lui a dit qu'il devait réfléchir, mais qu'il l'aimait toujours. On a retourné la phrase dans tous les sens pendant au moins une heure et on en a conclu que c'était plutôt une bonne nouvelle. Lana lui a conseillé de ne pas trop se faire d'idées. Vous savez, j'adore Lana, comme tout le monde, mais c'est le genre de fille qui voit tout en noir. Alors que si on réfléchit bien, la situation de Cindy n'a rien de désespéré : Tim n'est pas un mauvais gars et comme je lui ai dit : « Le fait même qu'il t'ait téléphoné montre qu'il tient à toi, sinon, il ne se serait jamais donné cette peine. » Cindy a eu l'air rassurée par mon analyse de la situation et c'est exactement ce que je voulais. Elle est repartie avec le sourire, c'est le principal. Avant de franchir la porte, elle s'est retournée et elle m'a dit qu'elle n'était pas allée au dernier rendez-vous à la caravane. Elle avait l'air un peu gênée et elle s'est lancée dans une série d'explications confuses. Je n'ai pas très bien compris pourquoi elle était restée chez elle, mais j'ai pensé que Lana avait vraiment dû mal le prendre.

Lana

Je ne sais pas ce que traficotent les filles. Elles ont toutes l'air un peu bizarres en ce moment. Vous pensez que c'est à cause des hormones ? Au fait, vous avez des enfants vous ? Trois ? Waouh ! Moi je pense qu'un seul me suffira. Mon but est de bien l'élever, d'en faire une bonne personne. Je réfléchis beaucoup à ça ces derniers temps. Vu les parents que je me trimbale, je me pose pas mal de questions. Je n'ai pas eu un super modèle d'éducation, c'est le moins que l'on puisse dire. Alors j'ai un peu peur de ce que je peux donner, moi, en tant que mère. En tout cas, une chose est sûre, je ne laisserai jamais mon bébé tout seul. Quand j'étais petite, mes parents disparaissaient des journées entières. Mon père était sur le bateau et ma mère à son boulot. Je ne sais pas pourquoi ils ne me faisaient pas garder. Ma mère m'a dit un jour qu'elle trouvait ça inconscient de confier ses enfants à quelqu'un qu'on connaît à peine. Alors elle me laissait toute seule, cherchez l'erreur ! Je me souviens qu'une fois j'ai eu la trouille de ma vie. J'étais en train de regarder Winnie l'Ourson à la télé quand on a frappé à la porte. Je devais avoir quatre ou cinq ans. Ma mère m'avait recommandé de ne jamais ouvrir quand j'étais seule. Mais la personne insistait. Maintenant je me dis qu'elle devait entendre le bruit de la télévision, c'est pour ça qu'elle ne voulait pas partir. Finalement, le cœur battant, j'ai glissé une chaise près de la porte et je me suis hissée dessus pour regarder à l'œilleton. Là j'ai vu un homme avec une casquette bleu marine. Il devait sentir que j'étais tout près car il a dit : « Ouvrez s'il vous plaît, n'ayez pas peur, c'est la poste. » Il parlait tout doucement, il devait penser qu'il se trouvait chez une personne âgée qui avait les chocottes. J'ai vu qu'il avait un paquet à la main, et ma trouille s'est transformée en curiosité. J'ai voulu savoir ce qu'il y avait dans ce putain de paquet. Jamais on ne recevait de colis à la maison, je pense que c'était la première fois. Alors j'ai sauté de ma chaise, je l'ai poussée, elle était lourde, en bois massif, et j'ai ouvert la porte. Là, le type de la poste a eu l'air un peu surpris de voir une gamine à couettes, haute comme trois pommes. Il m'a demandé si mes parents étaient présents et je lui ai dit : « Ils vont arriver d'un instant à l'autre », parce que j'avais encore un petit peu les jetons. « Tu ne devrais pas rester seule à ton âge », il m'a rétorqué sur un ton désapprobateur. Dès qu'il m'a donné la boîte, je lui ai refermé la porte au nez car je ne savais plus quoi ajouter. En fait, je n'avais qu'une hâte, découvrir ce qu'il y avait dedans. J'ai regardé l'adresse, il venait du Montana, là où vivait la sœur de mon père. J'ai attendu ma mère toute la journée à tourner et retourner le colis, à le scruter sous tous les angles. Il n'était pas très lourd, mais au bruit, on sentait qu'il contenait plusieurs objets. Quand maman est enfin arrivée, je me suis précipitée vers elle, mais elle n'a pas voulu l'ouvrir. « Il est adressé à ton père, c'est à lui de voir ce qu'il y a dedans quand il reviendra », elle m'a dit. Puis elle m'a giflée parce que j'avais ouvert à un inconnu. J'étais très déçue, pas à cause de la baffe, j'avais un peu l'habitude, mais parce que mon père ne rentrait que trois semaines plus tard et il fallait attendre pour savoir ce que contenait ce fabuleux carton. J'ai passé tout ce temps à le reluquer tellement il me fascinait. Le soir, lorsque je rentrais de l'école, je me dépêchais d'aller dans la cuisine pour le regarder sous toutes les coutures. Ma mère se moquait de moi. « Lâche ce paquet, tu vas finir par l'abîmer. » Je guettais le moindre bruit derrière la porte d'entrée, mi-effrayée, mi-excitée. Jamais le facteur n'est revenu interrompre mes journées. Quand papa est rentré, je ne lui ai même pas laissé le temps de poser son blouson. J'ai couru vers lui avec le colis dans les bras. Il était maintenant tout abîmé et usé aux angles car j'avais essayé d'écarter les pans de carton pour regarder à l'intérieur. Papa s'est assis, il a posé la boîte sur ses genoux et a dit : « Ça vient de ma sœur », en regardant le timbre collé en haut à droite. Je lui ai tendu un couteau pour qu'il découpe l'emballage, ce qu'il a fait. J'avais le cœur qui frémissait. J'ai levé les yeux vers papa, il avait l'air inquiet. À l'intérieur du carton, quelques photos, une pipe, un chapeau mou et une paire de lunettes. Papa a baissé la tête et s'est effondré en sanglots. J'ai regardé autour de moi sans comprendre. Il m'a fait signe de m'en aller de la main. Ma mère m'a posé un doigt sur les lèvres pour me faire taire et m'a conduite dans la cuisine. Là, tout bas, elle m'a dit : « Ce sont les affaires de son père, il est mort. » Papa a pris une bouteille de bourbon et est parti au fond du jardin. Toute la journée, je l'ai entendu hurler comme un putois. Il n'est revenu que tard dans la nuit, a vomi dans l'entrée puis s'est écroulé sur le canapé du salon. Après ce jour-là, je n'ai plus eu peur quand on sonnait à la porte. Je ne voyais pas ce qui aurait pu arriver de pire que le facteur.

Kylie

Merde, merde, merde et merde. Ils savent que John existe ! C'est écrit dans le *Gloucester Diary*. Ils ont consacré un nouvel article à notre affaire. Je l'ai apporté pour vous le montrer. Regardez, là, page de droite : « Le père de plusieurs bébés des jeunes filles enceintes de Gloucester serait un marginal de la ville. » Qu'est-ce que ça veut dire « marginal » au juste ? Un type bizarre, c'est ça ? Un clochard ? Oui, je comprends. Comment ils ont pu mettre la main sur John ? C'est dingue ça ! Je n'en reviens pas. C'est forcément une des filles qui a parlé. Je ne le vois pas se mettre dans une galère pareille tout seul. Il a assez de soucis comme ça. Il n'a pas de boulot et il dort dans sa voiture quand son père le fout dehors, ce qui arrive assez souvent. Comment on l'a connu ? Ça, je ne vous le dirai pas. Demandez plutôt à Lana, c'est elle qui sait tout sur cette histoire. Même à moi, qui suis sa plus proche amie, il y a des choses qu'elle n'explique pas. Elle affirme que c'est mieux pour tout le monde. Elle appelle ça « cloisonner ». Elle assure que dans toutes les bandes ça se passe de la même façon. Il y a le chef qui sait tout et les autres qui connaissent des morceaux d'histoire. Ils suivent, quoi. Le problème, je ne sais pas si vous avez remarqué, c'est que les autres suivent de moins en moins en ce moment. J'ai l'impression que plus le temps passe plus les filles tracent leur route chacune de leur côté. Et Lana le sent. Ça la stresse. Des fois je me dis qu'on n'aurait peut-être pas dû faire les bébés. On était plus proches avant. Notre priorité, c'était la bande. Aujourd'hui, chaque fille se retrouve à gérer des tonnes de problèmes. Sue ses parents, Cindy son jules et maintenant son père – il faut dire, elle se complique un peu la vie celle-là –, Lana s'angoisse à cause des assistantes sociales qui viennent la questionner sans cesse. Il n'y a que moi qui suis à peu près cool ici. Il faut dire, la grossesse me réussit super bien. Il y a deux jours, je me suis même fait draguer. Putain, je n'en revenais pas. J'étais tranquillement planquée derrière l'arrêt du bus devant le lycée en train de fumer une cigarette quand j'ai entendu des pas venir vers moi. D'abord j'ai flippé, j'ai cru que c'était la nouvelle infirmière du lycée, et celle-là, elle n'aime vraiment pas qu'on fume, surtout si on est enceinte. Un jour, d'après elle, plus personne n'aura le droit de cloper, même pas chez lui sous peine de grosses amendes et de peines de prison. Elle dit que ça arrivera dans pas si longtemps que ça. « Dans ses rêves, m'a répondu maman quand je lui ai raconté. Tu ne crois tout de même pas que les géants de l'industrie du tabac vont se laisser botter le cul comme ça à cause de mémères frustrées comme ton infirmière ! » J'aime bien ma mère. Je sais que Lana la trouve un peu bébête, elle la regarde souvent avec un air de pitié comme si elle était trop conne pour avoir le droit de parler. Je trouve qu'elle exagère un peu. Maman n'a pas inventé l'eau chaude, c'est pas faux, mais elle a de l'intuition comme elle dit, et le sens pratique. En tout cas, elle ne nous a jamais laissées tomber contrairement à la connasse de mère de Cindy par exemple. Quant à celle de Lana, je n'en voudrais pour rien au monde. Elle est tellement bouffée par ses médocs qu'elle ne ressemble plus à rien. Pourtant, quand on regarde ses pommettes hautes et sa bouche si bien dessinée, on ne peut pas s'empêcher de penser qu'elle a dû être belle autrefois. Tout ça pour dire que ce jour-là, à l'arrêt du bus, ce n'était pas l'infirmière que j'ai vue quand je me suis retournée mais un mec pas mal du tout, genre grand brun costaud, deux ou trois ans de plus que moi. Il m'a lancé : « C'est bon, ne crains rien, tu peux la rallumer », en désignant ma sèche que je venais d'écraser brutalement sur le banc en béton. Il a lui-même sorti une cigarette de sa poche et l'a allumée. « Alors comme ça, tu es une des nanas enceintes, il a fait en regardant mon gros ventre. – Ça te dérange ? » je lui ai répondu un peu agressive car je n'aime pas trop qu'on m'embarque sur ce terrain-là. Je sais comment ça se passe. On me pose une question anodine et puis ça devient de plus en plus précis, limite interrogatoire. Ils veulent tous savoir la même chose de toute façon : comment on a fait, qui sont les pères. James – oui, il s'appelle James, on s'est échangé nos prénoms et nos numéros de téléphone – ne s'est pas comporté comme ça et j'ai apprécié. Il avait l'air de s'en foutre de cette histoire de bébés. Il voulait juste savoir si j'allais retourner au lycée après et dans quel quartier j'habitais. C'était mignon. Il m'a expliqué qu'il faisait partie de l'équipe de foot et ça m'a étonnée de ne pas l'avoir repéré plus tôt car, moi, les footballeurs ça me branche carrément. Après, j'ai compris, il m'a expliqué qu'il n'était pas là depuis longtemps. Il est arrivé du Wyoming il y a quelques mois à peine. Je vous ai dit qu'il était canon ? Visiblement il m'a trouvée à son goût aussi car il a dit que, enceinte ou pas, il était sûr que j'étais la plus jolie fille de ma classe. Ça m'a mise dans un sacré état. Je suis revenue à la maison presque en courant tellement je me sentais légère. Et puis c'est là que maman m'a montré le journal où ils parlent de John. Ils n'ont pas mis son nom bien entendu, mais tous les détails collent. C'est sûr, ils tiennent quelque chose. Il faut que j'appelle Lana pour la prévenir.

Sue

Je vous préviens, je vais bientôt racrocher. Ma mère va rentrer d'un instant à l'autre et je ne veux pas qu'elle m'entende vous parler au téléphone. Elle ne doit ABSOLUMENT pas savoir que vous existez, compris ? C'est une question de vie ou de mort pour moi. Enfin presque. Mes parents ont appris pour John, ils veulent qu'on en parle ce soir. J'ai très peur de ce que tout cela peut donner. Je vous rappelle demain si je peux, OK ? Ça vous va comme ça ? Attendez, je crois que c'est elle qui arrive. J'entends des pneus crisser dans l'allée. Papa a fait mettre plein de petits cailloux l'an dernier, il trouve que ça fait « chic », ça fait surtout un bruit d'enfer si vous voulez mon avis. Non, c'est la voisine. Ça va, j'ai encore un peu de temps si vous êtes toujours d'accord. Je suis à la fenêtre et dès que je vois tourner la Ford de maman au coin de la rue, je vous quitte, OK ? Ça m'énerve de vous entendre me dire de ne pas paniquer. C'est facile pour vous. Vous êtes tranquillement assise sur votre lit dans votre chambre d'hôtel pendant que moi je risque ma peau avec mes vieux. Au fait, elle n'est pas terrible votre piaule. Je suis sûre qu'ils vous ont donné la plus moche parce que vous êtes étrangère. Comment je le sais ? Figurez-vous qu'on est allées faire un petit tour pour voir où vous étiez logée, avec les filles, après que vous avez contacté Lana. Normal, on vérifie. On n'est pas journalistes nous, mais on n'est pas des imbéciles pour autant. C'est Kylie qui a eu l'idée de vous espionner et j'avoue qu'on a toutes approuvé. Elle a dit qu'avant qu'on vous raconte notre vie, il fallait qu'on se rencarde un peu sur vous. On voulait juste vérifier que vous étiez réglo, ne le prenez pas mal. Allô ? Allô ? Ah, je ne vous entendais plus. Avec cette histoire de grossesses, tout le monde est surexcité dans cette ville et il y a un paquet de malades qui feraient n'importe quoi pour nous tirer les vers du nez. Il fallait qu'on soit sûres que vous ne rouliez pas pour certains parents ou carrément pour les flics. Il ne faut pas nous en vouloir.

C'est moi qui vous ai suivie après votre premier rendez-vous avec Lana. Kylie m'a dit : « Avec ton physique passe-partout, tu ne te feras pas repérer. » Sur le coup je ne l'ai pas très bien pris car on pouvait le comprendre comme une vacherie de sa part, mais en même temps ça me faisait bien rire de vous coller au train alors j'ai accepté. Vous n'avez rien remarqué, hein ? Je suis vraiment un as parce qu'on peut pas dire que je sois vraiment entraînée. Je faisais souvent le guet, remarquez, à la caravane : c'est peut-être grâce à ça que j'ai appris à être discrète. Bref, je vous ai suivie jusqu'à votre hôtel et je reconnais que ça ne m'a pas donné une bonne opinion de vous. S'installer pour des semaines dans un truc à touristes pareil, je ne sais pas moi, mais ça ne vous ressemble pas. Je vous aurais plutôt vue dans une auberge de charme comme il y en a près du port. En tout cas, j'ai appelé les filles et on a attendu toutes ensemble que vous partiez. On était comme des gosses qui préparent un mauvais coup, on ricanait bêtement et Lana nous parlait de vos cheveux et de l'impression que vous lui aviez faite. Elle avait l'air contente qu'on soit tombées sur quelqu'un dans votre genre, elle nous a dit que vous sembliez être une intello et que vous ne feriez pas de sensationnalisme avec notre histoire. On allait passer au vote pour savoir si on était toutes d'accord pour vous parler lorsque vous êtes ressortie de l'hôtel, ce qui était une bonne nouvelle d'ailleurs car il ne fallait pas que je traîne trop longtemps dehors à cause de mes parents. C'est Lana qui nous a fait entrer dans votre chambre. Elle connaissait un garçon d'étage qui nous a prêté un passe à condition qu'on ne vous pique rien. C'est ça qui est formidable avec Lana, elle connaît toujours quelqu'un quelque part prêt à lui rendre service, comme John par exemple, même si, avec lui, on ne peut même plus parler de service tellement c'est énorme ce qu'il a fait pour nous.

Tout ça pour dire qu'on s'est retrouvées dans votre chambre, tranquillement, et qu'on a été un petit peu déçues. Elle n'est pas tellement spacieuse, voire franchement petite, et puis, sans vouloir vous offenser, vous êtes un peu bordélique quand même. On a eu du mal à trouver votre ordinateur tellement il y avait de fringues empilées dessus. Une fille que vous ne connaissez pas est restée dans le couloir pendant que Lana farfouillait dans votre ordi. Ne vous en faites pas, on a rien trouvé de compromettant surtout vu notre niveau en français. On a simplement regardé vos mails à vos gosses, à votre mari et à votre éditeur. Celui-là, il a l'air sacrément intéressé par notre histoire, hein ? Il n'arrête pas de vous harceler, on dirait. « Alors, comment elles sont ces filles ? Est-ce que cela fera un bon livre ? Tu penses en avoir pour combien de temps ma belle ? », etc. Je ne savais pas qu'un éditeur était aussi familier avec ses auteurs. Kylie trouve aussi qu'il adopte un petit ton coquin avec vous. Ça ne l'étonnerait pas qu'il vous drague en fait. Qu'est-ce qu'on a fait d'autre ? Bon, j'avoue, Kylie a un peu fouiné dans votre penderie et on n'a pas trouvé vos fringues terribles si je peux me permettre. Vous êtes super classique finalement. Kylie a dit qu'elle aurait préféré se confier à quelqu'un de plus drôle. En même temps, elle n'a pas pu s'empêcher d'enfiler votre haut noir avec des boutons dorés. Moi je dois dire que ça me rassure plutôt votre côté un peu mémère. J'ai l'impression que vous ne nous ferez pas d'entourloupes. Et puis Lana a pris deux ou trois mignonnettes d'alcool dans votre minibar. Je ne sais pas si vous vous en êtes aperçue. Lana a estimé que ce n'était pas vraiment un vol puisque ce n'était pas à vous et pour vous dédommager elle envisage d'ailleurs de vous inviter à la caravane un de ces soirs histoire que vous compreniez un peu mieux l'ambiance de la bande. Allô ? J'ai l'impression que vous êtes fâchée, non ? Vous savez, après on s'est tirées et on n'est plus jamais revenues, juré ! Il ne faut pas en faire toute une histoire. C'est nul de le prendre comme ça. Allô ? Allô ?

Lana

OK, je m'excuse. Ça va comme ça ? Ce n'est pas la peine d'en faire tout un plat. Une « intrusion par effraction » ! Il ne faut quand même pas exagérer. Appelez les flics pendant que vous y êtes, on va bien rigoler. J'ai déjà eu affaire à eux vous savez. Ils ne sont pas plus intelligents que les autres. Il suffit de piger ce qu'ils ont envie d'entendre et après vous pouvez les manipuler comme vous voulez. Ce n'est pas sorcier, je vous assure. Bon, je veux bien reconnaître qu'on a un peu déconné ce jour-là en allant dans votre chambre, mais ce n'est pas comme si on avait forcé la serrure de votre propre domicile. C'est impersonnel ce qu'on emporte dans un hôtel, non ? Pour tout vous dire, j'ai trouvé votre ours en peluche tout usé au fond de votre sac rouge. Eh bien, je ne l'ai pas montré aux filles. Pourquoi ? Je n'en sais rien. Peut-être que ça m'a touchée en fait. Vous savez, la grossesse ça rend bizarre. À un autre moment j'aurais sûrement exhibé l'ourson et on aurait pouffé toutes ensemble. Là, je me suis sentie gênée et je l'ai remis au fond de votre bagage. Allez, ne faites pas la gueule. Ça ne vaut pas le coup, je vous assure. Et puis ce n'est pas comme si on se connaissait très bien à l'époque. On s'était à peine parlé. Je n'avais pas l'impression de « violer votre intimité » comme vous dites. En même temps, je ne veux pas en rajouter, mais question intimité vous en avez pour votre argent si je peux m'exprimer ainsi. On vous en donne des infos, non ? Rayon secrets, vous êtes servie. Vous ne connaissez peut-être pas tout, mais c'est vous qui en savez le plus, ça je peux vous l'assurer. Je ne les ai même pas bues les mignonnettes, si ça vous rassure. Elles sont sur ma table de nuit. Bien alignées. J'adore ces petits flacons multicolores avec leurs étiquettes. Ça me rappelle la collection d'échantillons de parfum que je faisais quand j'étais petite. J'en avais plus de deux cents. J'en possédais des magnifiques, des rares, remplis de parfums français que mon oncle coiffeur me donnait. Il devait les avoir gratos par son boulot, j'imagine. En tout cas, il me les mettait toujours de côté. Ça me faisait tellement plaisir que je lui sautais au cou pour l'embrasser ce qui surprenait tout le monde car ce n'est pas trop mon genre de câliner les gens comme ça. Mon style c'est plutôt gestes lointains et mots qu'on ne dit pas, c'est ma marque de fabrique.

Vous avez su pour John ? C'est que je suis sacrément emmerdée. Dans un article que m'a refilé Kylie, ils disent que celui qui a mis les filles enceintes risque d'être poursuivi pour détournement de mineures. Je n'avais vraiment pas pensé qu'il puisse lui arriver un truc pareil, je l'avoue. Je savais qu'il était plus âgé que nous, mais je n'imaginais pas que ça pouvait lui causer du tort. Personne n'y a songé d'ailleurs, on n'a pas eu une seule conversation à ce sujet. Pourtant on en a parlé de John, croyez-moi. Comment on l'a rencontré ? C'est moi, en fait, qui l'ai connu la première. Il était plongeur au Chili Dog avant de s'embrouiller avec le patron. John est une grande gueule, c'est pour ça qu'on s'entend bien lui et moi. Je l'ai rencontré un vendredi d'hiver, je m'en souviens comme si c'était hier. Je bossais comme serveuse deux après-midi par semaine en ce temps-là. C'était avant notre activité à la caravane qui m'a permis de ne plus avoir à trimer pour rentrer quelques dollars. John et moi, on s'est retrouvés dans l'impasse derrière le Chili pour fumer une clope en cachette de pépère Jo, le proprio. Il n'aime pas qu'on fume pendant les heures de service. Il n'aime rien du tout d'ailleurs, tout le temps en train de râler contre n'importe quoi et n'importe qui. J'ai tout de suite senti qu'il avait John dans le nez. Il n'arrêtait pas de le houspiller, de l'engueuler pour un rien, un verre avec une trace, une grille pas assez astiquée. Moi je pense qu'il en voulait surtout à John d'être si beau. C'est du jamais vu comme il est magnifique ce mec. Je l'ai repéré d'entrée, dès qu'il s'est pointé pour son premier jour. On n'a pu se parler qu'à la pause et encore, parler, c'est un grand mot. J'étais tellement impressionnée que je n'ai pas décroché mes yeux de mes chaussures. Lui, il a causé comme si de rien n'était, de pépère Jo qui avait vraiment l'air d'un gros cochon et des petites nénettes qui traînaient dans le bar, des filles à papa selon lui. Je me suis bien gardée de lui dire que c'étaient mes copines pour la plupart, il l'a compris après, vous imaginez, et il n'a plus jamais rien dit de désagréable sur elles. C'est ça que j'aime bien chez John : sous ses airs durs, il a du tact. J'ai vu tout de suite qu'il était dans la dèche, je les reconnais les gens comme lui, j'en ai vu des tonnes au foyer. Il porte toujours le même vieux jean – qui lui fait un cul d'enfer comme dirait Kylie –, et une chemise bleu marine. En dessous, les jours de froid, sa chemise laisse apparaître un tee-shirt à col rond noir qu'il ne doit pas laver souvent. Mais ça ne m'a jamais dérangée. Pour un gars qui dort la plupart du temps dans sa voiture, il est plutôt clean, John. On est tout de suite devenus très proches. On avait plein de sujets de conversation en commun, notamment les bagnoles. On parlait pièces de moteur, mécanique, vitesse. Ça me rappelait les discussions avec mon père avant qu'il disparaisse. John roulait ses clopes et il en préparait pour moi aussi, ce qui m'arrangeait car j'étais un peu raide financièrement. En même temps, j'adorais cette idée qu'il les roule rien que pour moi. Les autres serveuses étaient vertes de jalousie, il faut dire qu'il ne leur adressait quasiment pas la parole. Ses cigarettes, j'en gardais toujours une d'avance, je la passais sous mon nez pour respirer l'odeur du tabac et ça me faisait penser à lui les jours où on ne se voyait pas. Je pense que j'étais un petit peu amoureuse. Ah, je vous vois venir, vous vous dites certainement qu'on couchait ensemble… Eh bien pas du tout, en tout cas pas à cette époque. Ce qui est sûr c'est que John a joué un grand rôle dans mon histoire, dans notre histoire à nous, les filles. Je vous raconterai peut-être cela un jour.

Cindy

J'ai fait un cauchemar atroce cette nuit. Je rêve beaucoup en ce moment. En tout cas, je me souviens de tous mes rêves. Dans celui-là, je courais le long de la voie ferrée pour échapper à quelqu'un. C'était une espèce de forme qui fonçait vers moi très vite. J'étais terrifiée. J'avançais en me retournant de temps de temps et, à chaque fois, l'ombre était là, de plus en plus près, sur le point de m'engloutir. Je me prenais les pieds dans les mauvaises herbes, je heurtais les canettes de bière vides abandonnées par les clochards et les employés du train, je tapais contre des racines molles, je tombais et parvenais toujours à me relever. À un moment, j'ai senti une main autour de mon cou, je me suis mise à hurler, morte de peur. J'ai crié tellement fort que ma tante est venue dans ma chambre. Elle m'a serrée dans ses bras, elle m'a dit : « N'aie pas peur ma Cindy, ce n'est qu'un vilain cauchemar. Tu es grande à présent, tu vas avoir un bébé. » Je me suis réveillée en suffoquant, ruisselante de sueur sur le visage et le long des seins. Mes pieds et mes mains, en revanche, étaient glacés par le froid de la nuit.

Qu'est-ce que ça signifie à votre avis ? J'en ai parlé à Sue tout à l'heure au téléphone. Elle m'a assuré que Dieu m'avait parlé. Il nous en veut pour ce qu'on a fait, pas avec les bébés, mais avant, à la caravane. Elle a ajouté qu'on s'est toutes laissé entraîner par Lana et qu'on aurait jamais dû faire ça. Toutes ces cochonneries, se montrer aux hommes, les faire payer. On aurait dû refuser, ne pas se laisser faire, ne pas accepter l'argent. De toute façon, on ne s'en servirait jamais de cette cagnotte. On ne sait même pas combien il y a dedans au juste. Des centaines de dollars certainement, peut-être des milliers grâce au nouveau business de Lana. Sue pense qu'on n'en verra jamais la couleur, Lana gardera tout, ou bien elle en donnera aux filles qui en auront le plus besoin, ce qui n'est pas notre cas. Je n'ai pas aimé qu'elle me dise ça même si je ne suis pas en désaccord sur tout. C'est vrai que Lana nous a fait faire des drôles de trucs, mais je lui ai rappelé que sans elle on n'aurait peut-être pas eu l'idée des bébés, et ça, c'est sûrement la chance de notre vie, devenir maman toutes ensemble. Sue pense que ça ne marchera pas cette histoire de les élever en commun, les choses ne se passent jamais comme ça dans la vraie vie. On continuera à se voir, c'est certain. Enfin, ce n'est même pas si sûr, d'après elle. En tout cas, pas toutes. Je lui ai répondu qu'en ce qui me concernait je ne lâcherais jamais Lana. Je ne sais pas où j'en serais sans elle. C'est elle qui m'a sauvée lorsque nous étions au foyer. Elle m'a protégée contre les mauvaises personnes, elle s'est battue physiquement pour moi, elle m'a aidée à constituer un dossier de demande de placement auprès de ma tante. Si elle n'avait pas été là, je ne sais pas si j'aurais eu l'énergie de faire tout ça. Quand elle m'a parlé la première fois de tomber enceintes en même temps, j'ai immédiatement dit oui. C'est vrai que c'était plus facile pour moi, j'avais un petit copain, Tim, un père potentiel. Même si Tim n'existait pas, je pense que j'aurais suivi. Pas parce que je fais tout comme Lana, ça, c'est ce que pense Kylie, mais parce que c'est le sens qui manquait à ma vie. Vous voyez, en ce moment, je sens bouger dans mon ventre. C'est merveilleux. Je ferai le maximum pour être une bonne mère. Pas comme la mienne. J'ai déjà envie de serrer mon bébé dans les bras, de le câliner, de le couvrir de baisers. Je sais combien sa peau sera douce et ses mains délicates. Il aura le regard de Tim si c'est un garçon, ma bouche et mes taches de rousseur si c'est une fille. Ou bien l'inverse. J'ai tellement hâte de savoir ce que ça sera. L'autre soir, Tim est passé à la maison. On est allés faire un tour sur le port tous les deux, comme avant. Il a été super doux, compréhensif. Il m'a dit qu'on se débrouillerait toujours, qu'il avait eu peur, il ne fallait pas lui en vouloir. Tu parles que je ne lui en veux pas ! Comme Lana me l'a fait remarquer, il aurait plus de raisons d'être en colère que moi si on réfléchit bien. Je lui ai caché pour les autres filles, pour notre accord. Il a tout découvert quand le scandale a éclaté. Le pauvre, je le plains en un sens. Je ne veux pas qu'il se sente manipulé, ça non. Jamais je ne lui ai manqué de respect je vous jure. Ce n'était pas contre lui. J'ai été sincère avec Tim quand je lui ai assuré que je l'aimais et que je voulais un enfant de lui. C'est juste qu'à l'époque, les filles et nos secrets, ça passait avant le reste pour moi. Là où Sue n'a pas tort, c'est que, ça, c'est en train de changer.

Sue

Cindy vous a dit pour la voie ferrée ? Je suis morte de honte. Je suis sûre que vous allez nous regarder autrement à présent. C'est dégoûtant, non ? Attention, je n'ai pas fait grand-chose en ce qui me concerne. Le truc qui est vrai c'est que Lana n'a jamais forcé PERSONNE. Elle disait que chacune d'entre nous faisait ce qu'elle voulait, comme elle le sentait. Avec sa propre conscience. Ne vous méprenez pas : nous ne nous sommes pas prostituées contrairement à ce que Cindy a pu vous laisser croire. Personne n'a couché avec qui que ce soit durant cette période. C'était une des conditions du pacte. On l'a juré avant de mettre notre plan en place. C'était un soir à la caravane. On a fumé un joint d'herbe, bu une gorgée de bière dans la même bouteille, nous étions disposées en cercle, assises par terre en tailleur derrière la caravane. Lana nous a lu un court texte qu'elle avait écrit. C'était très beau d'ailleurs. Ça parlait de phalanstère ou quelque chose comme ça, bref, d'un monde idéal où on ne se quitterait jamais. Elle a dit que les bébés permettraient cela, il ne fallait pas hésiter. Si l'une de nous avait le moindre doute, elle pouvait encore partir, en gardant le secret bien entendu. Aucune ne s'est levée. On se serrait les mains très fort et après on s'est toutes embrassées à tour de rôle. C'était émouvant, je m'en souviendrai toute ma vie. Ça m'a un peu rappelé l'église, en fait. Le reste de l'histoire, vous le connaissez, d'autres filles se sont agrégées, on les a choisies au compte-gouttes. Au final, il y en a dix-sept pour qui ça a marché. On n'aurait jamais pensé être autant, mais il paraît que l'on est très fertile à notre âge. En tout cas, c'est ce que j'ai lu dans le livre sur la grossesse que ma mère m'a acheté au centre commercial. Bien sûr, il y a eu des filles pour lesquelles ça a foiré, je ne peux pas vous donner leurs noms, vous comprendrez. Au total, on aurait pu être une trentaine, vous imaginez le bazar ! Ça me fait rigoler rien que d'y penser. Pour en revenir à ce qu'on faisait à la caravane, je vais vous expliquer deux, trois trucs. Ça ne doit jamais filtrer, je compte sur vous. Si mon père apprend une chose pareille, il me tue. Pour résumer, on avait besoin d'argent. Pour les cigarettes, le maquillage, les boissons qu'on emportait dans notre repaire, les tournées au Chili Dog. Et aussi pour notre vie d'après, bien sûr. Lana répétait toujours qu'on ne pouvait pas se lancer comme ça dans l'aventure des bébés. Il fallait qu'on assure nos ARRIÈRES. C'est-à-dire qu'on se constitue un magot pour pouvoir s'occuper des nourrissons, du moins dans les premiers temps, avant qu'on se trouve des petits boulots. Quand j'en parle maintenant, ça me paraît dément toute cette histoire. Je me demande comment j'ai fait pour croire qu'on pourrait élever les enfants ensemble et tout ce blabla. À l'époque, ça me paraissait possible. Avec les filles, on avait un lien tellement fort qu'on n'imaginait pas pouvoir se quitter un jour. Aujourd'hui, j'avoue que je vois les choses différemment. Et ce n'est pas juste à cause de mes parents qui me mettent la pression. Le fait d'être enceinte, je pense que ça m'a fait mûrir, mais pas au sens où l'entend Lana. Moi j'ai pris conscience que je suis encore une gamine et que j'ai besoin de mes parents même s'ils me tapent sur le système. J'ai réalisé que je ne sais rien faire toute seule, ni me préparer à manger ni même faire mon lit. L'autre jour, j'ai essayé de cuisiner des œufs frits au bacon, c'était en plein milieu de l'après-midi, j'avais une lubie, comme ça, mais j'ai fait brûler la casserole. C'était tellement immonde que j'ai tout recraché dans la poubelle. C'est maman qui fait tout à la maison et je compte bien sur elle pour m'aider à m'occuper du bébé. Il paraît qu'au début, ils ne dorment pas la nuit. Au secours ! Moi qui ai besoin de mes dix heures de sommeil, je ne sais pas comment je vais tenir. Ça me fait un peu peur. On ne sera pas trop de deux avec maman pour prendre soin de l'enfant. Et puis, tout bien réfléchi, je n'ai pas tellement envie d'arrêter le lycée. J'ai perdu une année, mais ce n'est pas la fin du monde comme me dit Lorenne. Je peux très bien me rattraper ensuite. Papa aimerait que je fasse des études de gestion pour l'aider à la comptabilité du magasin et reprendre ses affaires progressivement. Je ne sais pas si l'idée me plaît vraiment, en même temps je me dis que ça peut être une belle opportunité pour moi. Oui, je sais, je m'éloigne du sujet qui vous intéresse. C'est que je ne suis plus certaine de vouloir vous parler de ce qu'on faisait à la caravane. C'est un peu privé quand même. Demandez à Kylie, je suis sûre qu'elle vous racontera, elle n'a pas sa langue dans sa poche celle-là et ce ne sont pas les scrupules qui l'étouffent. La honte, elle ne connaît pas. Allez, je vous laisse, je raccroche, à bientôt.

Kylie

Ça me fait trop plaisir de me retrouver ici au Chili. Ça fait des lustres que je n'étais pas venue. Vous avez eu une très bonne idée. Je vous conseille la Caesar salad, elle est top, la sauce est délicieuse. Moi je prendrai un double bacon cheese-burger, j'ai trop faim et j'en profite puisque c'est vous qui invitez. Avec un grand soda orange, s'il vous plaît. Au début de la grossesse je faisais un peu attention à ce que je mangeais, mais maintenant qu'on arrive à la fin, je me lâche. On verra après pour les kilos. Maman m'a assuré qu'elle avait tout reperdu très facilement. Je vous ai dit qu'elle m'avait eue à peu près à mon âge ? Non ? Elle a accouché à dix-sept ans et elle me jure qu'elle n'a jamais regretté. Moi je trouve ça cool d'avoir une mère jeune, on peut faire plein de trucs ensemble plus tard comme acheter des fringues et aller en boîte. Je ne me vois vraiment pas avec une mère de quarante-cinq ans. On ne peut plus comprendre les jeunes à cet âge-là. Avec ma fille, on sera sur la même longueur d'onde, j'en suis sûre. Mais je ne lui ferai pas faire de concours. Ce n'est pas que j'en garde un mauvais souvenir, on en a déjà parlé toutes les deux, mais, je ne sais pas, partir sur les routes tous les week-ends avec une gamine, ça ne me dit trop rien. Évidemment, si elle est vraiment canon et qu'on me propose du mannequinat, c'est à voir…

Ah, il s'en est passé des putains de choses ici. Quand je regarde autour de moi, j'ai plein d'images qui me reviennent. On ne venait pas pour faire nos plans ni pour les discussions sérieuses : trop d'oreilles indiscrètes. Le Chili, c'était surtout pour la détente et parler avec les garçons. Je vous ai dit que j'avais un succès fou ? Je vous jure, je n'exagère pas. Vous pouvez demander à cette serveuse, Deborah, elle est là depuis un bail, elle a tout vu. Même à pépère Jo si vous y tenez, quoique, pour lui arracher quelque chose à celui-là, il faut se lever de bonne heure.

Alors comme ça les filles ont commencé à baver sur la caravane ? Je suis sûre que c'est Sue qui a tout balancé, une vraie trouillarde celle-là. Pourtant, je vous jure qu'elle n'a pas fait grand-chose. Pas de quoi affoler un pasteur. Si elle s'est montrée en soutif à un mec une fois, c'est le bout du monde. En fait, ça a commencé comme un jeu. Un gars qui réparait la voie ferrée n'arrêtait pas de nous tourner autour. Il n'était pas antipathique, juste collant. Il venait nous proposer une clope, une bière, et s'installait avec nous pour taper la causette pendant sa pause. Il faisait toujours des réflexions un peu salaces genre : « Vous êtes bien roulées les filles. » Nous, on gloussait comme des idiotes. C'est Lana qui a eu l'idée de le faire payer. Un jour, en se marrant, elle lui a dit : « Si tu veux voir, tu banques. » Alors il a sorti un billet de dix et elle a ouvert son chemisier. C'est tout, je vous jure. Le type est revenu régulièrement et ils se sont passé le mot au chantier visiblement car quelques jours plus tard c'est tout juste s'il n'y avait pas la queue devant la caravane. Il y a des filles qui ne voulaient rien montrer, on ne les a jamais forcées. Elles faisaient le guet. Moi, franchement, j'en avais rien à foutre. S'il existe des pauvres mecs qui acceptent de te donner du pognon rien que pour voir tes nichons, pourquoi s'en priver ? Ça ne m'a jamais gênée. Je sais que certaines filles se sont senties sales après, mais pas moi. Peut-être parce que j'ai toujours eu l'habitude de me faire reluquer. Petite, aux Mini-Miss, puis plus tard au collège et même ici au Chili. Je me souviens qu'à l'école, un vicelard avait fait un trou dans la paroi qui séparait les toilettes des garçons de celles des filles pour nous mater le cul quand on était en train de faire pipi. On a mis un temps fou à s'en rendre compte. C'est lorsqu'on a entendu un jour rire super fort de l'autre côté de la cloison qu'on s'en est aperçues. On a chopé le mec et on lui a mis une vraie dérouillée, enfin, surtout Lana. Ensuite, on a rebouché le trou avec du chewing-gum. Au moins, à la caravane, c'était volontaire. Chacune décidait pour ses fesses, bref, vous voyez ce que je veux dire. C'est quand même la moindre des choses de pouvoir choisir si tu veux être matée ou non, vous ne trouvez pas ? Ma mère me dit toujours que c'est ça le vrai féminisme.

Vous savez que je vais peut-être déménager ? C'est top secret, pas un mot, surtout à Lana, je suis sûre qu'elle le prendra très mal. Maman veut qu'on aille à San Diego, c'est tout près de L.A., la ville du cinéma. Elle est sûre que les jobs de serveuse sont mieux payés là-bas et qu'on rencontre plein de gens célèbres qui peuvent nous faire faire de la figuration dans des films ou même nous offrir des rôles plus importants. Ça lui trotte dans la tête depuis un bon bout de temps et elle dit qu'avec le bébé c'est le moment ou jamais. J'avoue que je suis assez tentée. La Californie, ça fait rêver, non ? Je m'imagine déjà sur Sunset Boulevard avec de sublimes lunettes de soleil. D'après maman, je pourrai faire garder la petite très facilement car il y a plein de nounous latinos pour rien du tout. Si on va à Diego, je pourrai reprendre le lycée et trouver un petit boulot à mi-temps. En ce moment, maman regarde les annonces pour des mobile homes. Au début je trouvais ça craignos de ne pas habiter dans une vraie maison, mais c'est vraiment moins cher et il y en a des pas mal, je vous jure, ma mère m'en a montré des super sur Internet, et bien décorés en plus. Tout ça c'est encore à l'état de projet. En principe, on ne bougera pas avant l'accouchement de toute façon. Ça ne devrait plus tarder vous me direz, une question de semaines, voire de jours. Normalement, je devrais être dans les premières à avoir le bébé si nos calculs tombent juste. Bien sûr, cette histoire de San Diego ça veut dire que je renonce au projet avec les filles. J'y pense beaucoup, ne croyez pas que ça n'a plus d'importance pour moi. Maman estime que j'ai du temps pour réfléchir. Elle assure aussi que les filles pourront venir nous rendre visite pour les vacances. C'est sûr, c'est pas pareil que de se voir tous les jours, mais qu'est-ce qui est le mieux finalement ?

Sue

Cindy m'a appelée tout à l'heure. Sa tante lui a rapporté le journal, il y avait encore un article sur nous. Cette fois, ils disaient qu'on avait été influencées par le film *Juno*, vous savez cette histoire d'adolescente enceinte qui cherche un couple pour adopter son bébé. C'est vrai qu'on l'a vu ce film. On est toutes allées au cinéma du centre commercial un samedi après-midi. La plupart d'entre nous y sont retournées plusieurs fois après. Moi, personnellement, j'ai adoré. Elle est trop cool cette fille dans le film : mignonne, marrante, sympa, elle a tout pour elle. Ce n'est pas pour autant qu'on a voulu la copier. Notre plan est né après, mais ça n'a rien à voir je vous jure. On n'est pas des idiotes tout de même. Et puis, nous, on n'avait aucune intention de faire adopter nos bébés. On a fait ça pour les élever ensemble, ça n'a rien à voir. Juno n'a pas choisi de tomber enceinte, nous si, aussi curieux que ça puisse paraître. Dans l'article ils nous décrivent comme des filles influençables qui s'ennuient dans un trou perdu d'Amérique. Ça m'a énervée et Cindy aussi d'ailleurs. C'est bon, on n'est pas des ploucs. OK, il n'y a pas des milliards de choses à faire ici. Pour tout vous dire, on en a passé des après-midi à se tourner les pouces en cherchant une activité un peu drôle. La caravane, ça nous a bien occupées. Heureusement qu'il y avait Lana, c'est grâce à elle finalement qu'on a pu s'amuser et mener nos projets à bien. Je ne sais pas ce que je ressens en ce moment à son égard. Je l'adore toujours autant et en même temps je lui en veux. Il faut dire que c'est peut-être pour moi que c'est le plus dur cette histoire de grossesse. Cindy, elle a Tim. Kylie, elle est hyper soutenue par sa mère et, de toute façon, elle est toujours contente. Moi je me retrouve avec mes parents qui me harcèlent du matin au soir. Vous savez quelle est leur nouvelle idée : ils veulent élever eux-mêmes le bébé, faire comme si c'était le leur. C'est un peu bizarre, non ? Je ne sais pas trop quoi en penser au juste. Il faudrait quand même que j'en parle à Lana, mais je n'ose pas, elle est assez à cran en ce moment. Elle attend la réponse des services sociaux pour son enfant. Ça ne doit pas être facile. Nous, au moins, on n'a pas ce genre de problème. Le pire qui puisse m'arriver c'est que mes parents me fichent dehors. Mon père menace de me couper les vivres si je n'accepte pas de suivre leurs règles avec le bébé. Je n'ai pas très bien compris ce qu'il entend par là.

J'en ai parlé avec maman l'autre jour et elle avait l'air gênée. Elle m'a dit que ce sera plus facile pour le petit que je les laisse tout gérer. Il faudra que je l'allaite bien sûr, mais pour le reste, soins, éducation, ils veulent faire à leur façon. Maman estime qu'il vaut mieux que le bébé croie que je suis sa grande sœur, pour ma vie sociale, d'après elle. « C'est quoi, ma vie sociale ? je lui ai demandé, à part les filles je veux dire. – C'est bien ça le problème, elle m'a répondu. Il faudra que tu changes de vie si tu veux que tout se passe bien avec ton père. Tu devras te trouver de nouveaux amis, on te fera changer d'école, peut-être qu'on déménagera dans un autre quartier. » Ça me fait stresser tout ça. J'étais bien moi avec les filles, ce sont mes meilleures amies, même si, elles n'ont pas FORCÉMENT une bonne influence sur moi. Je parle des trucs sexuels à la caravane bien sûr et aussi de l'alcool qu'on buvait ensemble et puis des autres activités de Lana qui ne sont pas réglo-réglo, il faut bien l'avouer. Il faut que je réfléchisse à cette nouvelle idée de mes parents. D'un côté je n'ai pas trop envie que le bébé imagine que je ne suis pas sa mère et, en même temps, par certains côtés, ça simplifierait peut-être les choses.

Lana

J'en ai marre de tous ces journalistes. Attention, je ne parle pas de vous, bien entendu. L'autre jour un reporter d'une télé locale a sonné à la porte pour m'interviewer. Il voulait savoir des trucs à propos de John et du film *Juno*. Il m'a dit qu'il souhaitait me parler à moi parce que je suis la meneuse. Je l'ai envoyé promener, je ne vous raconte pas comment. En ce moment, j'ai la nette impression que tout le monde cherche à me faire porter le chapeau. C'est vrai, c'est moi qui ai présenté John aux filles, et je peux vous jurer qu'elles étaient bien contentes. Attention, je ne vous dirai pas s'il est le père d'un bébé ou même de plusieurs. Je lui ai juré que je le protégerai quoi qu'il arrive. Il a toujours été bon pour moi et je ne veux pas que ça lui retombe dessus tout ça. Je préfère encore me prendre les coups toute seule. Je l'ai revu l'autre jour, il avait l'air serein. Ce n'est pas le genre de mec à se laisser perturber si facilement avec tout ce qu'il a vécu. Il était juste un peu inquiet à cause de ces familles qui parlent de le dénoncer aux flics pour détournement de mineures, mais je l'ai rassuré. Je lui ai garanti que personne ne moufterait. S'il y a bien un truc dont je suis sûre, c'est ça. Même s'il y a certaines filles que je ne sens plus trop en ce moment, je sais que pas une d'entre elles n'oserait le mettre en cause. Je pense que je l'ai convaincu. John a confiance en moi et moi j'ai confiance en lui. Il m'a déposé un baiser sur le front, c'est vous dire s'il ne m'en veut pas. Ça m'a fait frissonner, je vous jure. Je vous vois venir, vous vous dites que je suis raide dingue de lui. Ce n'est pas vrai. En tout cas, si ça l'est, je ne m'en rends pas compte. La seule qui a vraiment avoué avoir craqué pour lui c'est Kylie. Ça ne vous étonnera pas, Kylie elle ne résiste jamais à un beau gosse. Elle est persuadée que George Clooney a flashé sur elle, c'est dire. Pendant le tournage de *En pleine tempête* je n'étais pas là, c'est vrai, j'étais en foyer, mais rien que la façon dont elle en parle, je sens que ce n'est pas crédible. J'ai un bon feeling pour ces trucs-là vous savez. Tout ça pour vous dire que Kylie, elle en pinçait sévère pour John. Lui aussi il la trouvait jolie, il me l'a répété plusieurs fois. Après, il ajoutait que moi il me trouvait belle et il y a, selon lui, une sacrée différence entre les deux. La seule chose qui inquiète John en ce moment c'est que toute cette histoire revienne aux oreilles de son nouveau patron. Il vient de trouver un petit boulot chez un carrossier et ça rapporte pas mal d'après ce qu'il m'a dit. Son boss est content de lui et veut le garder. Si ça dure un peu, John pense qu'il pourra enfin se payer une piaule quelque part en ville et ne plus dormir dans sa caisse pourrie. Je ne l'imagine pas trop dans un appart vu que je l'ai toujours connu dans sa voiture. C'est là-bas qu'on se retrouve lui et moi. On fume un pétard, on discute en regardant les étoiles. On parle de tout et de rien, de la vie, des injustices, et aussi des bébés. Une fois, j'étais tellement cassée que je me suis endormie. Quand je me suis réveillée, une heure plus tard, il m'avait enroulée dans une couverture et il me serrait dans ses bras. Je sentais son souffle dans mes cheveux, j'ai vite refermé les yeux pour en profiter encore un peu.

Je sais que certaines filles daubent sur ce qui se passait à la caravane. Je les trouve gonflées de tout me mettre sur le dos. OK, j'ai eu l'idée de faire payer tous les cochons de la région, mais ça leur a bien plu à elles aussi. Chacune faisait ce qu'elle voulait, fixait ses propres limites. Ça ne m'étonnerait pas d'ailleurs que certains gosses viennent de la voie ferrée. Il faut se méfier des filles. Vous savez, ce ne sont pas celles qui font le plus de chichis qui sont les plus coincées. Vous seriez surprise de savoir qui a vraiment fait quoi. Je ne suis pas une balance, je ne dirai rien de plus, mais je n'en pense pas moins. Alors, qu'elles ne commencent pas à me faire la leçon maintenant. Elles m'accusent de tout ce dont elles ont honte aujourd'hui. C'est un peu trop facile je trouve.

Cindy

J'ai une grande nouvelle à vous annoncer : Tim va venir habiter à la maison. Pas tout de suite, bien sûr. On va attendre la naissance du bébé. L'autre jour, nous sommes allés à la fête foraine tous les deux. C'était vraiment mignon. Il m'a téléphoné et il m'a lancé : « Viens, prépare-toi, fais-toi belle, je t'emmène t'amuser. » J'étais super contente. Tim a compris que j'étais un peu bouleversée à cause de mon père, de la visite à la prison et du fait qu'il va sortir bientôt, alors il s'est dit que ça serait une bonne chose de me changer les idées. Il est passé me prendre en voiture. J'ai eu du mal à boucler la ceinture de sécurité à cause de mon gros ventre et il a ri en me caressant la nuque. Ensuite, il m'a embrassée longuement sur la bouche, ça m'a fait du bien, il y avait longtemps qu'il ne s'était pas montré tendre comme ça. Il a démarré et nous avons traversé la ville tout doucement pour rejoindre la fête. Ils ont installé plein de manèges juste à la sortie de

Gloucester, je suis sûre que vous pouvez voir la grande roue de la fenêtre de votre hôtel. On s'est amusés comme des petits fous. Je n'ai pas fait les autos tamponneuses car ça aurait pu être mauvais pour le bébé, mais on a essayé des tonnes d'autres choses comme le serpent de mer et les toupies. On s'installe dans une sorte de coque à quatre ou cinq et, quand ça part, je ne vous explique pas les sensations. C'est dément ! Les tasses tournent sur elles-mêmes de plus en plus vite et en même temps elles montent et elles descendent dans le ciel en faisant de larges cercles. J'ai adoré. De toute façon, je raffole des fêtes foraines. Il y a une super odeur avec tous les stands de confiseries. Tim m'a offert des beignets recouverts de sucre et un cornet de pop-corn qu'on a mangé à deux. Moi je lui ai acheté une pomme d'amour. Il avait la bouche toute rouge à cause des colorants et à la fin il collait de partout. Je l'ai accompagné au stand de tir, il adore ça. Moi ça me fout un peu la trouille tous ces bruits de pétard, je préfère la musique des manèges. Il a tiré une dizaine de fois et a tapé dans le mille. J'étais très fière de lui. Comme cadeau, il a eu le choix entre un zèbre en peluche et des tickets gratuits pour la buvette. Il a choisi la peluche et me l'a offerte, j'ai trouvé ça trop chou. J'ai envie de la mettre dans le berceau du bébé même si elle me semble énorme. Bref, ça aurait été une super journée s'il n'y avait pas eu cette journaliste qui s'est jetée sur nous pour nous harceler de questions sur le bébé, le pacte et tout ça. C'est cette andouille de Samantha qui lui a dit qui on était. Elle nous a désignés du doigt, je l'ai vue. Sam, c'est une fille du collège d'à côté. Elle a treize ans et cherche absolument à faire amie-amie avec nous pour entrer dans la bande. Lana a tranché : « Pas de gamines, hors de question. » Quand la journaliste a foncé sur nous j'ai immédiatement pensé que ça allait mal se passer avec Tim. Il s'est crispé d'emblée alors que moi j'étais prête à discuter un peu, histoire de l'embrouiller. Tim a vu rouge. Il lui a dit de dégager tout de suite et la fille a retorqué qu'elle faisait ce qu'elle voulait vu qu'on était dans un lieu public, ce qui a encore plus énervé Tim. Comme elle insistait, il lui a arraché son micro des mains et l'a jeté par terre. J'étais mal pour elle. Un type de la sécurité est arrivé, il a demandé ce qui se passait et comme il a vu que j'étais archienceinte, il nous a laissés tranquilles. C'est sur le chemin du retour que j'ai demandé à Tim s'il voulait s'installer chez ma tante après l'arrivée du bébé. J'avais un peu peur de lui proposer ça étant donné son coup de blues du mois dernier, mais ça s'est bien passé. Il m'a dit qu'il fallait qu'il en parle avec ses parents et que je devais venir les voir avec lui pour les rassurer. Je suis trop heureuse !

Kylie

Ça y est, on déménage ! Maman a trouvé un super mobile home dans la banlieue de San Diego, près du campus. Il a trois chambres, une pour maman, une pour moi et le bébé et une pour mes deux sœurs, un espace télé et un salon en demi-cercle. Les papiers peints sont roses et rouges, moi je trouve ça un peu nunuche, mais maman aime bien. Elle dit que ça sera parfait pour la petite. On a un bout de jardin devant et maman nous a promis qu'on pourra même acheter un chien. Dans le lotissement, il y a une super piscine avec de jolis transats tout autour. Rien que de regarder ces photos, on se croirait en vacances, je vous jure. Ça sent la crème solaire et le barbecue. C'est sûr, ça va nous changer. Ça me fait tout drôle quand même, c'est allé tellement vite. Il paraît qu'il faut déjà que je commence à faire mes cartons et ceux de mes sœurs. Maman veut que tout soit prêt pour qu'on puisse partir juste après l'accouchement. Elle a déjà trouvé un boulot de serveuse dans un bowling là-bas et elle parle de s'inscrire à des castings. Moi aussi je ferais bien des castings quand j'aurai perdu tous ces putains de kilos. Qui gardera la petite ? Je ne sais pas, je l'emmènerai avec moi. Quand j'étais enfant, j'accompagnais ma mère partout, même au boulot, je n'en suis pas morte pour autant. C'est une question d'habitude à donner aux enfants si vous voulez mon avis. Vous avez l'air de douter de moi, ça ne me plaît pas trop ça. Vous pensez que je ne serai pas une bonne mère, c'est ça ? Eh bien, je vais vous dire un truc : je suis certainement celle de la bande qui a le plus l'habitude des enfants. Mes sœurs, c'est quasiment moi qui les ai élevées. Je leur ai donné le biberon, je me suis levée la nuit pour les bercer quand ma mère était trop crevée pour le faire. J'entends encore sa voix au milieu des cris : « Kylie, s'il te plaît, vas-y, je n'en peux plus. » Et j'y allais parce que je savais bien qu'elle disait vrai, elle venait tout juste de se coucher alors, ressortir du lit comme ça, à peine endormie, ça aurait été inhumain pour elle. Qu'est-ce que vous croyez, vous pensez vraiment qu'avec ses trois boulots, elle avait le temps de s'occuper des petites en plus ? Vous rêvez ! C'est moi qui me suis tout tapé ces dernières années, les courses, les repas, déposer les filles à l'école avant d'aller au lycée, aller les chercher à la sortie. Alors c'est sûr qu'entre la bande et tout le travail que j'avais à la maison, je n'ai jamais eu le temps de finir mes devoirs. Je l'avoue, je suis la plus mauvaise élève de la bande. De toute façon, ça ne m'intéresse pas vraiment les cours. Je m'ennuie en classe depuis que je suis enfant. Je ne vois pas à quoi ça sert. Quand je le dis à ma mère, elle me répond : « À ne pas te retrouver serveuse comme moi. » Mais moi, je ne vois pas ce qu'il y a de mal à être serveuse. Il y a pire dans la vie, non ? Au moins, tu parles à des gens, tu fais des rencontres, tu empoches pas mal de pourboires si tu es souriante. Bon, ce n'est pas que je veuille vous mettre dehors, mais j'ai plein de trucs à faire aujourd'hui. Il faut que je commence à trier mes affaires, maman dit qu'on ne pourra pas tout emporter dans le break et, d'ailleurs, dans le mobile home il n'y a pas beaucoup de rangements. C'est le gros défaut des mobile homes. Ils en parlaient l'autre jour à la télé, c'est vous dire si c'est un vrai problème. Ensuite, il faut que je passe à la caravane voir Lana. Je crois que c'est le moment de lui annoncer mon déménagement. Je ne sais pas comment elle va le prendre, même si, ces derniers temps, plus personne ne parle trop de cette histoire d'élever les bébés ensemble. C'est comme si on n'y croyait plus, y compris Lana. En tout cas, si ça se fait, ce dont je doute énormément, ce sera sans Kylie. Bye-bye les amies, à moi le soleil et les opportunités de la côte Ouest, je vous enverrai des cartes postales !

Lana

•

Vous ne le croirez jamais ! J'ai eu l'agrément !!! J'ai reçu la lettre ce matin. Je n'y croyais plus à ce putain de papier. J'ai tout de suite reconnu l'enveloppe dans la boîte aux lettres. Il faut dire que ça ne m'arrive pas souvent de recevoir des courriers officiels. Mes mains tremblaient tellement que j'ai froissé le papier. Je suis allée directement dans ma chambre, j'ai fermé la porte à double tour. Je ne voulais pas que maman mette son grain de sel. En même temps, il n'y avait pas trop de risques : elle ronflait à moitié devant un jeu débile à la télé. Avant d'ouvrir le courrier, je me suis roulé un petit pétard. Je préférais ne pas être nette en cas de mauvaise nouvelle. J'ai aussi essayé d'appeler John sur son portable, mais je suis tombée sur la messagerie de son opérateur qui disait que son numéro n'était plus attribué. Je suis sûre qu'il n'a pas payé ses factures. Il aurait dû m'en parler, je pouvais le dépanner avec la cagnotte de la caravane, les filles n'y auraient rien trouvé à redire. Ça m'a mis les nerfs en boule de ne pas arriver à le joindre. J'ai failli renfiler mon manteau pour sortir et aller le chercher à son boulot, puis je me suis ravisée. Il faut dire que j'ai eu une violente crampe dans le ventre juste au moment où j'essayais de me lever et ça m'a coupé le souffle. Je suis restée plusieurs minutes comme ça sans bouger. J'avais tellement mal que j'ai cru en crever, je vous jure. Quand la douleur est passée, je suis allée me chercher un verre d'eau dans la salle de bains et je suis retournée dans ma chambre m'allonger. Je me suis rendu compte que j'avais toujours la lettre à la main. Alors je me suis dit : « Ma petite Lana, arrête de tergiverser, c'est le moment d'affronter la réalité. » Quand j'ai vu écrit « approuvé » en gros sur la feuille, je suis presque tombée dans les pommes. Il y avait un court texte qui accompagnait cette mention et qui expliquait qu'après une enquête approfondie des services sociaux (tu parles !), le comté me jugeait apte à élever mon bébé avec ma mère. Je n'en reviens pas qu'ils aient pu croire un seul instant que maman pouvait m'aider en quoi que ce soit, mais bon, je ne vais pas me plaindre. L'essentiel est que je puisse garder le bébé, non ? Par contre, je me dis que maintenant j'ai intérêt à faire gaffe avec mes activités plus ou moins légales – oui, je ne vous l'ai pas dit, je revends un peu d'herbe du côté de la voie ferrée, je pensais que vous étiez au courant. J'imagine qu'ils vont m'avoir à l'œil tout de même. Il faut que je me calme, au moins pendant un temps. J'ai téléphoné à toutes les filles pour leur annoncer la bonne nouvelle. La mère de Sue, cette connasse, a refusé de me la passer. Cindy était hyper heureuse pour moi et Kylie a voulu qu'on fête ça rapidos. On s'est retrouvées toutes les deux à la caravane comme au bon vieux temps. On s'est caressé le ventre chacune son tour. Son bébé n'arrêtait pas de bouger, c'était dément. Le mien ne bouge jamais. Vous trouvez ça bizarre ? Ça sera sûrement un enfant calme, vous ne pensez pas ? Kylie m'a dit qu'elle avait quelque chose à me raconter puis elle est passée à un autre sujet et sur le chemin du retour je me suis rendu compte que, finalement, elle ne m'en avait pas parlé. Je vais la rappeler pour lui demander de quoi il s'agit. J'espère qu'elle n'a pas de problèmes, elle avait l'air tracassée. Ça m'embête quand même. J'aurais dû être plus à l'écoute. En fait, je ne pensais qu'à l'approbation que je venais de recevoir. On a bu deux doigts de whisky pour célébrer cette bonne nouvelle. Après, j'avais un peu la tête qui tournait. D'ailleurs, je me suis juré que je ne prendrai plus une goutte d'alcool jusqu'à la naissance. J'ai peur que les douleurs reviennent. Je n'ai consulté personne à part l'infirmière scolaire avant qu'elle démissionne. Je n'ai vu aucun toubib, ni fait de prises de sang, ni évidemment d'échographie. Qu'est-ce que vous croyez ? Je n'ai pas les moyens de me payer tout ça, moi. L'argent qu'on a gagné avec les filles, je le garde pour les bébés, pour celles qui en auront besoin. Au départ, il devait servir à louer la maison qu'on habiterait toutes ensemble, mais chaque fois que je reparle de ce projet, les autres tournent la tête, l'air gênées. Comme si elles n'y tenaient plus tant que ça. Enfin, on verra bien quand les enfants seront là, ce qui ne va plus tarder maintenant. D'après mes calculs, ça ne devrait pas traîner pour Kylie et Cindy, ensuite, ce sera notre tour à Sue et moi. Vous viendrez me voir à l'hôpital ? Bon, je vous laisse, je retourne m'allonger un peu, je ne me sens pas très bien. Je vous ai dit que j'avais perdu du sang hier ? Non, pas beaucoup, mais c'était quand même assez impressionnant. D'accord, je vous promets que si ça recommence j'appellerai les secours. Ne vous en faites pas pour moi, j'en ai vu d'autres !

Sue

Finalement, c'est Cindy qui a accouché la première. C'était un peu la course entre elle et Kylie, vu qu'elles sont tombées enceintes à peu près en même temps. Elle a eu un petit garçon qu'elle a appelé Tom. Tim, Tom, je trouve ça un peu étrange, mais bon, chacun fait ce qu'il veut après tout. L'accouchement s'est super bien passé. Le petit est né si vite que Cindy n'a même pas eu le temps d'avoir de péridurale, la piqûre anesthésiante. L'infirmière lui a dit qu'elle devait avoir des contractions depuis un bout de temps déjà, mais elle ne s'était aperçue de rien. Cindy nous a raconté qu'elle avait crié en appelant sa mère tellement elle avait eu mal. Juste après la naissance, elle a téléphoné à toutes les filles pour leur annoncer la nouvelle. Une demi-heure plus tard, on était une quinzaine dans sa chambre. Tim était déjà là, Jenna l'avait prévenu que l'accouchement était imminent, il était assis au bord du lit et il avait son fils dans les bras. C'était trop MIGNON, je vous jure. Vous auriez dû voir ça. Ça m'a donné envie d'avoir un amoureux quand je les ai vus tous les deux. Je me demande comment je vais faire toute seule avec le mien. Heureusement, il y a mes parents. Plus tard, Tim est parti pour nous laisser un peu entre nous dans la chambre, ce que j'ai trouvé vraiment adorable. On était toutes autour de Cindy à lui poser cinquante milliards de questions. On voulait savoir comment ça fait quand le bébé sort. Elle nous a répondu que c'était une sensation « indescriptible », comme un morceau de ton corps qui s'en va. Lana avait les larmes aux yeux, c'est la première fois que je la voyais aussi émue. Elle ne cessait de répéter : « On l'a fait, on l'a fait », en nous serrant dans ses bras très fort. C'était rigolo de sentir nos gros ventres se toucher. À un moment, elle est même sortie de la chambre. J'ai cru que c'était pour pleurer un bon coup, mais une autre fille m'a dit qu'elle était juste allée aux toilettes. Cindy, elle, avait un air assez fatigué. Elle avait de gros cernes noirs sous les yeux, mais elle n'arrêtait pas de sourire. On est arrivées tellement vite qu'on n'a pas eu le temps d'apporter le cadeau qui est caché à la caravane. C'est un joli berceau de paille. Avec la cagnotte, Lana en a acheté un pour chacun des bébés. C'est gentil, non ? Quand je pense à des trucs comme ça, je reviens à des sentiments meilleurs envers Lana et je culpabilise un peu de l'avoir fuie ces derniers temps. En fait, je crois que je l'aime toujours, je ne suis plus dans le même état d'esprit c'est tout. Je suis sûre que vous pensez que j'ai été influencée par mes parents, mais c'est faux. Et puis, il n'y a pas que moi qui ai pris mes distances : Cindy aussi a beaucoup changé, elle qui ne jurait que par Lana. Et d'autres filles de la bande également que vous ne connaissez pas. En fait, ce qui s'est passé, c'est qu'on a toutes réalisé que la caravane et tout ça ce n'étaient que des trucs de gamines finalement. Avec les bébés, il va falloir apprendre à mûrir un peu et à arrêter de rêver à des trucs impossibles. Quand j'ai vu Cindy avec son bébé, je me suis dit : « Ça, c'est la VRAIE vie ! » Je ne suis pas restée trop tard, parce que mes parents ne devaient pas tarder à rentrer et ils ne sont pas censés savoir que je vois toujours les filles. Je leur ai promis que je ne les fréquenterais plus. Je sais, ce n'est pas très cool, mais c'était pour avoir la PAIX vous comprenez ? Ils sont tellement sur mon dos en ce moment. Plus la naissance approche, plus ils me mettent la pression pour s'occuper du bébé à ma place et faire comme si c'était le leur. Là-dessus, je n'ai rien juré. J'ai peur de le regretter plus tard si ça se passe mal et que mes parents décident de me laisser me débrouiller toute seule en représailles. Vous ne savez pas de quoi ils sont capables. Moi non plus d'ailleurs.

Lana

John a disparu de la circulation. Avec Kylie, on pense qu'il a mis les voiles, il a dû changer de patelin. Sa voiture n'est plus garée là où il la laisse d'habitude et son employeur ne l'a pas vu depuis trois jours. Sinon, ça ne va pas du tout. Les saignements ont repris et ça ne s'arrête pas. J'ai pris de l'aspirine tellement j'ai mal, mais j'ai l'impression que ça ne sert à rien. La douleur reste. Je grelotte, je pense avoir de la fièvre. J'ai essayé de réveiller maman, mais elle dort, elle a dû prendre trop de médicaments. Je suis désolée de vous déranger à cette heure, je ne savais pas qui appeler. Cindy est occupée avec son bébé, je n'ose pas lui téléphoner. Quant à Sue, ça ne sert à rien que j'essaie de la joindre, sa mère refuse de me la passer. Kylie ne répond pas. Elle doit être en train de faire des tours en voiture avec sa mère pour faire venir le bébé car il tarde à sortir. Oui, ça m'arrangerait bien que vous m'emmeniez à l'hôpital. Je n'osais pas vous le demander. Je sais que ce n'est pas votre rôle, mais je ne sais pas vers qui me tourner d'autre. Je vous redonne mon adresse. J'habite au 26, Redstreet Road. Je vous attends devant dans dix minutes. J'ai déjà préparé mon sac et celui du bébé.

Kylie
San Diego, six mois plus tard

Comment m'avez-vous retrouvée ? Ça fait si longtemps… Avec tout ce qui s'est passé à Gloucester je pensais que vous aviez préféré abandonner votre idée de bouquin. Ça me fait plaisir de vous entendre, même si cette conversation va me rappeler des putains de souvenirs. Vous avez su ce qui s'est passé au moins ? Oui, bien sûr, je suis bête, vous n'êtes pas repartie tout de suite après. Excusez-moi, ça a été atroce, tout se mélange un peu dans ma tête. Je suis désolée que la mère de Lana ne vous ait pas laissée assister à l'enterrement. Je sais, c'est pas cool, mais bon elle a son lot de problèmes et perdre Lana, ça lui a fait un sacré choc. Quand je suis arrivée à l'hôpital, elle était déjà morte… J'ai du mal à en reparler, c'est trop dur ce qu'on a vécu à ce moment-là. Au moins, il paraît qu'elle ne s'est pas sentie partir. C'est ce qu'ont dit les médecins, peut-être pour qu'on arrête de pleurer. Elle souffrait tellement qu'ils l'avaient anesthésiée pour sortir le bébé. Ils espéraient le sauver, mais c'était trop tard. Hémorragie généralisée, ils ont dit. Quand je me suis pointée à l'hosto dès que vous m'avez prévenue, c'était déjà fini pour Lana comme pour la petite. Vous étiez au courant qu'elle aussi devait avoir une fille ? C'est dingue, non ? Sur les dix-sept, on est les seules à avoir attendu des filles. Les autres ont toutes accouché de garçons. Vous savez à quoi j'ai pensé quand j'ai vu Lana morte sur son lit d'hôpital, je me suis dit : « Pourquoi ça lui arrive à elle ? » Bon, je sais, c'est dégueulasse, mais j'aurais préféré que ça tourne mal pour une autre. Sue ou une des filles que vous ne connaissez pas et dont je me sentais moins proche. Pas Lana. Elle était comme ma sœur. Pendant tout le temps de la grossesse, jamais on a imaginé que ça pourrait mal se finir pour l'une d'entre nous. Ça ne nous a même pas traversé l'esprit. C'est stupide, non ? Et Lana qui était si forte, qui ne se plaignait jamais, il ne pouvait pas lui arriver un truc pareil. C'est IN-JUSTE comme dirait Sue. C'est ce que je me répète tous les jours : c'est IN-JUSTE. Vous comprenez, putain, vous l'avez bien connue vous. Je sais que vous l'appréciiez malgré son caractère de cochon. Je l'ai toujours senti : quand vous parliez d'elle, ce n'était pas de la même façon que des autres.

Il n'y a pas une journée où je ne pense pas à Lana. Je me souviens parfois de moments gais qu'on a eus toutes ensemble à la caravane ou ailleurs, chez moi, quand elle venait se blottir dans mon lit. Mais, le plus souvent, c'est cette image terrible de son visage si pâle, comme vidé de son sang, qui me hante. Lana morte ne ressemblait pas à Lana. C'est une fille qui n'était pas faite pour être morte.

Lorsque mes pensées sont trop noires, je me tourne vers mon bébé et ça me change la tête. Ça demande un tel boulot un enfant. Ça t'épuise, ça t'exaspère et il suffit qu'il te sourie pour que tu retrouves l'énergie de t'en occuper. Ça non plus, je suis sûre que Lana ne le soupçonnait pas, aussi maligne fût-elle. J'ai eu ma petite deux jours après son décès. Faire des tours en bagnole ça n'avait servi à rien, il fallait vraiment une émotion de dingue comme celle-là pour qu'elle accepte de pointer le bout de son nez ma Britney. Oui, je l'ai appelée comme la chanteuse. Vous savez que sa sœur a fait un enfant à seize ans elle aussi ? Je l'ai lu dans les magazines. Pas vous ? Oui, c'est vrai, j'avais oublié, vous ne lisez pas ce genre de presse. Bon, je me disperse. C'est tout moi ça, on parle d'un sujet et mon esprit part ailleurs. Je suis sûre que c'est à cause de ça que j'ai toujours été mauvaise en classe. Vous ne croyez pas ? Comment c'était l'enterrement de Lana ? Horrible, déchirant, je ne sais pas comment vous le décrire. Toutes les filles sont venues et je me suis dit que Lana aurait été heureuse et fière de nous voir ensemble autour d'elle, surtout que les derniers temps certaines n'étaient pas très sympas. Sue la fuyait comme la peste et Cindy avait pris ses distances. Ce n'est pas pour balancer, mais moi, au moins, j'ai été réglo jusqu'au bout. Le seul truc que je peux avoir à me reprocher c'est de ne pas lui avoir dit pour le déménagement. Ce n'est pas si grave en fait, je lui en aurais parlé tôt ou tard. Et peut-être qu'elle aurait compris.

Le jour des funérailles, on pleurait tellement qu'on arrivait à peine à tenir debout. On venait toutes d'accoucher ou presque, c'était un truc de malade, comme dans un cauchemar. Cindy était complètement hystérique. D'ailleurs on a fini sans elle, elle est tombée dans les pommes au milieu de la cérémonie et Tim a dû la ramener. Il y avait tout le monde, la mère de Lana au premier rang, son père qu'on n'avait pas vu depuis un bail et qui n'avait pas l'air de si mal se porter que ça, le proviseur du lycée et des professeurs de Lana. Ça, je ne sais pas si Lana aurait aimé. Je pense qu'elle aurait préféré nous avoir juste nous, les filles avec les enfants. On les avait toutes dans des porte-bébés et ça faisait bizarre à côté du minuscule cercueil qui reposait face à celui de Lana. C'est sa mère qui a voulu qu'elles soient enterrées ensemble et il me semble que, pour une fois, elle a eu une bonne idée.

Le plus important pour nous, c'est la journée où on s'est retrouvées entre filles à la caravane. C'était une semaine après l'enterrement, le temps qu'on soit un peu moins dans les vapes. Je me souviendrai toute ma vie de ce jour-là. On a accroché une photo de Lana, une belle qu'avait prise John la fois où ils avaient fait une virée en voiture tous les deux. La photo est en noir et blanc et Lana a les cheveux dans le vent, elle rit aux éclats, elle a l'air heureuse comme jamais. On a disposé des bougies tout autour et on s'est donné la main en cercle comme Lana aimait qu'on le fasse. Ensuite, chacune de nous a pris la parole. Je ne vous répéterai pas ce qu'on s'est dit, c'est intime tout de même, juste que ça parlait d'amitié et d'amour. Après, on a surtout pleuré, il faut bien l'avouer, et chacune a choisi un souvenir de Lana, un objet qu'elle avait apporté à la caravane. Moi j'ai gardé son briquet, il n'a rien de spécial, il est en plastique avec l'adresse du Chili Dog écrite dessus, mais il me rappelle plein de choses, surtout lorsqu'on fumait en cachette au lycée. Je l'ai en permanence dans ma poche. On a rendu les éventails à la mère de Lana ainsi que la photo de leurs vacances à Tijuana. Elle était vachement émue. Le fric, on n'y a pas touché. On l'a confié à Cindy pour qu'elle le planque chez sa tante. Elle a pour mission de le garder jusqu'à ce que l'une de nous soit dans une grosse galère et ait vraiment besoin de s'en servir. Ou pour John, au cas où il reviendrait dans les parages. De toute façon, ce n'est pas moi qui m'occuperai de ça, vu où je suis maintenant. Je me vois mal décider à des milliers de kilomètres de quoi que ce soit concernant les filles.

Je ne sais plus qui a eu l'idée de mettre le feu. L'une d'entre nous en a parlé, comme ça, et on a toutes approuvé. Une fois qu'on avait pris ce qui nous intéressait dans la caravane, on a arraché les rideaux et on les a posés en boule au milieu avec la nappe et quelques vieux coussins sales. C'est moi qui ai allumé le tas avec le briquet de Lana. Ça a tout de suite pris. Tellement vite, qu'on a eu peur de cramer à l'intérieur, on aurait eu l'air malignes ! On s'est précipitées dehors et on a regardé les flammes lécher les parois de la caravane et monter vers le ciel. C'était spectaculaire. Je me souviens qu'on pleurait et qu'on riait en même temps. C'est mon dernier souvenir de Gloucester. Quelques jours après, je suis partie avec maman et mes sœurs sans rien dire à personne. À quoi ça aurait servi de toute façon à part à se rendre triste une fois encore.

Comment je me sens ici ? Ça va… Pour maman, c'est moins simple que prévu. Les castings, ce n'est pas si facile, les agents lui disent qu'elle est déjà trop vieille. Alors elle a repris des boulots de serveuse dans des clubs comme à Gloucester. Moi j'essaie de me débrouiller du mieux que je peux avec la petite. En fin d'après-midi, je la laisse une heure ou deux à mes sœurs, histoire de souffler un peu. Ça me fait du bien d'être un peu sans Britney. Elle est mignonne, mais c'est une enfant qui pleure beaucoup et, dans le mobile home, il n'y a pas vraiment d'endroit pour s'isoler. Je ne fais rien de spécial : des courses au supermarché, une balade au centre commercial, mais au moins ça me change les idées. L'autre jour, je me suis fait draguer par un mec pas mal. Il habite dans notre lotissement. Je crois qu'il travaille comme éclairagiste sur une série télé. Ça peut être utile de le connaître, non ? L'année prochaine j'envisage de reprendre le lycée pour essayer de décrocher un boulot sympa, mais ce n'est pas sûr que je trouve le courage ni l'organisation adéquate pour la petite. L'avantage ici c'est qu'il fait beau presque tout le temps et c'est agréable d'avoir une piscine à deux pas de chez nous, même si elle n'est pas très grande. Ça a un air de vacances. Si vous passez par la Californie, appelez-moi, ça me fera plaisir. Et ne vous en faites pas pour moi. Comme disait Lana : ça va aller. C'est sûr, ça va aller.

COMPOSITION : IGS-CP À L'ISLE-D'ESPAGNAC
IMPRESSION : CPI BRODARD ET TAUPIN À LA FLÈCHE
DÉPÔT LÉGAL : AOÛT 2014. N° 108785 (3005794)
IMPRIMÉ EN FRANCE

Éditions Points

Le catalogue complet de nos collections est sur Le Cercle Points, ainsi que des interviews de vos auteurs préférés, des jeux-concours, des conseils de lecture, des extraits en avant-première…

www.lecerclepoints.com

DERNIERS TITRES PARUS

P3141. Le Baiser de Judas, *Anna Grue*
P3142. L'Ange du matin, *Arni Thorarinsson*
P3143. Le Murmure de l'ogre, *Valentin Musso*
P3144. Disparitions, *Natsuo Kirino*
P3145. Le Pont des assassins, *Arturo Pérez-Reverte*
P3146. La Dactylographe de Mr James, *Michiel Heyns*
P3147. Télex de Cuba, *Rachel Kushner*
P3148. Promenades avec les hommes, *Ann Beattie*
P3149. Le Roi Lézard, *Dominique Sylvain*
P3150. Scènes de la vie quotidienne à l'Élysée, *Camille Pascal*
P3151. Je ne t'ai pas vu hier dans Babylone *António Lobo Antunes*
P3152. Le Condottière, *Georges Perec*
P3153. La Circassienne, *Guillemette de Sairigné*
P3154. Au pays du cerf blanc, *Chen Zhongshi*
P3155. Juste pour le plaisir, *Mercedes Deambrosis*
P3156. Trop près du bord, *Pascal Garnier*
P3157. Seuls les morts ne rêvent pas. La Trilogie du Minnesota, vol. 2, *Vidar Sundstøl*
P3158. Le Trouveur de feu, *Henri Gougaud*
P3159. Ce soir, après la guerre, *Viviane Forrester*
P3160. La semaine où Jérôme Kerviel a failli faire sauter le système financier mondial. Journal intime d'un banquier, *Hugues Le Bret*
P3161. La Faille souterraine. Et autres enquêtes *Henning Mankell*
P3162. Les deux premières enquêtes cultes de Wallander : Meurtriers sans visage & Les Chiens de Riga *Henning Mankell*
P3163. Brunetti et le mauvais augure, *Donna Leon*
P3164. La Cinquième Saison, *Mons Kallentoft*

P3165. Les Nouvelles Enquêtes du Juge Ti : Panique sur la Grande Muraille & Le Mystère du jardin chinois, *Frédéric Lenormand*
P3166. Rouge est le sang, *Sam Millar*
P3167. L'Énigme de Flatey, *Viktor Arnar Ingólfsson*
P3168. Goldstein, *Volker Kutscher*
P3169. Mémoire assassine, *Thomas H. Cook*
P3170. Le Collier de la colombe, *Raja Alem*
P3171. Le Sang des maudits, *Leighton Gage*
P3172. La Maison des absents, *Tana French*
P3173. Le roi n'a pas sommeil, *Cécile Coulon*
P3174. Rentrez chez vous Bogner, *Heinrich Böll*
P3175. La Symphonie des spectres, *John Gardner*
P3176. À l'ombre du mont Nickel, *John Gardner*
P3177. Une femme aimée, *Andreï Makine*
P3178. La Nuit tombée, *Antoine Choplin*
P3179. Richard W., *Vincent Borel*
P3180. Moi, Clea Shine, *Carolyn D. Wall*
P3181. En ville, *Christian Oster*
P3182. Apprendre à prier à l'ère de la technique *Gonçalo M. Tavares*
P3183. Vies pøtentielles, *Camille de Toledo*
P3184. De l'amour. *Textes* tendrement *choisis par Elsa Delachair*
P3185. La Rencontre. *Textes* amoureusement *choisis par Elsa Delachair*
P3186. La Vie à deux. *Textes* passionnément *choisis par Elsa Delachair*
P3187. Le Chagrin d'amour. *Textes* rageusement *choisis par Elsa Delachair*
P3188. Le Meilleur des jours, *Yassaman Montazami*
P3189. L'Apiculture selon Samuel Beckett, *Martin Page*
P3190. L'Affaire Cahuzac. En bloc et en détail, *Fabrice Arfi*
P3191. Vous êtes riche sans le savoir *Philippe Colin-Olivier et Laurence Mouillefarine*
P3192. La Mort suspendue, *Joe Simpson*
P3193. Portrait de l'aventurier, *Roger Stéphane*
P3194. La Singulière Tristesse du gâteau au citron *Aimee Bender*
P3195. La Piste mongole, *Christian Garcin*
P3196. Régime sec, *Dan Fante*
P3197. Bons baisers de la grosse barmaid. Poèmes d'extase et d'alcool, *Dan Fante*
P3198. Karoo, *Steve Tesich*
P3199. Une faiblesse de Carlotta Delmont, *Fanny Chiarello*

P3200. La Guerre des saints, *Michela Murgia*
P3201. DRH, le livre noir, *Jean-François Amadieu*
P3202. L'homme à quel prix ?, *Cardinal Roger Etchegaray*
P3203. Lumières de Pointe-Noire, *Alain Mabanckou*
P3204. Ciel mon moujik ! Et si vous parliez russe sans le savoir ? *Sylvain Tesson*
P3205. Les mots ont un sexe. Pourquoi « marmotte » n'est pas le féminin de « marmot », et autres curiosités de genre, *Marina Yaguello*
P3206. L'Intégrale des haïkus, *Bashō*
P3207. Le Droit de savoir, *Edwy Plenel*
P3208. Jungle Blues, *Roméo Langlois*
P3209. Exercice d'abandon, *Catherine Guillebaud*
P3210. Le Roman de Bergen. 1999 Le crépuscule – tome V *Gunnar Staalesen*
P3211. Le Roman de Bergen. 1999 Le crépuscule – tome VI *Gunnar Staalesen*
P3212. Amie de ma jeunesse, *Alice Munro*
P3213. Le Roman du mariage, *Jeffrey Eugenides*
P3214. Les baleines se baignent nues, *Eric Gethers*
P3215. Shakespeare n'a jamais fait ça, *Charles Bukowski*
P3216. Ces femmes qui ont réveillé la France *Valérie Bochenek, Jean-Louis Debré*
P3217. Poèmes humains, *César Vallejo*
P3218. Mantra, *Rodrigo Fresán*
P3219. Guerre sale, *Dominique Sylvain*
P3220. Arab Jazz, *Karim Miske*
P3221. Du son sur les murs, *Frantz Delplanque*
P3222. 400 coups de ciseaux et autres histoires, *Thierry Jonquet*
P3223. Brèves de noir, *collectif*
P3224. Les Eaux tumultueuses, *Aharon Appelfeld*
P3225. Le Grand Chambard, *Mo Yan*
P3226. L'Envers du monde, *Thomas B. Reverdy*
P3227. Comment je me suis séparée de ma fille et de mon quasi-fils, *Lydia Flem*
P3228. Avant la fin du monde, *Boris Akounine*
P3229. Au fond de ton cœur, *Torsten Pettersson*
P3230. Je vais passer pour un vieux con. Et autres petites phrases qui en disent long, *Philippe Delerm*
P3231. Chienne de langue française ! Répertoire tendrement agacé des bizarreries du français, *Fabian Bouleau*
P3232. 24 jours, *Ruth Halimi et Émilie Frèche*
P3233. Aventures en Guyane. Journal d'un explorateur disparu *Raymond Maufrais*

P3234. Une belle saloperie, *Robert Littell*
P3235. Fin de course, *C.J. Box*
P3236. Corbeaux. La Trilogie du Minnesota, vol. 3
Vidar Sundstøl
P3237. Le Temps, le temps, *Martin Suter*
P3238. Nouvelles du New Yorker, *Ann Beattie*
P3239. L'Embellie, *Audur Ava Ólafsdóttir*
P3240. Boy, *Takeshi Kitano*
P3241. L'Enfance des criminels, *Agnès Grossmann*
P3242. Police scientifique : la révolution. Les vrais experts parlent, *Jacques Pradel*
P3243. Femmes serials killers. Pourquoi les femmes tuent ?, *Peter Vronsky*
P3244. L'Histoire interdite. Révélations sur l'Histoire de France, *Franck Ferrand*
P3245. De l'art de mal s'habiller sans le savoir
Marc Beaugé (illustrations de Bob London)
P3246. Un homme loyal, *Glenn Taylor*
P3247. Rouge de Paris, *Jean-Paul Desprat*
P3248. Parmi les disparus, *Dan Chaon*
P3249. Le Mystérieux Mr Kidder, *Joyce Carol Oates*
P3250. Poèmes de poilus. Anthologie de poèmes français, anglais, allemands, italiens, russes (1914-1918)
P3251. Étranges Rivages, *Arnaldur Indridason*
P3252. La Grâce des brigands, *Véronique Ovaldé*
P3253. Un passé en noir et blanc, *Michiel Heyns*
P3254. Anagrammes, *Lorrie Moore*
P3255. Les Joueurs, *Stewart O'Nan*
P3256. Embrouille en Provence, *Peter Mayle*
P3257. Parce que tu me plais, *Fabien Prade*
P3258. L'Impossible Miss Ella, *Toni Jordan*
P3259. La Politique du tumulte, *François Médéline*
P3260. La Douceur de la vie, *Paulus Hochgatterer*
P3261. Niceville, *Carsten Stroud*
P3262. Les Jours de l'arc-en-ciel, *Antonio Skarmeta*
P3263. Chronic City, *Jonathan Lethem*
P3264. À moi seul bien des personnages, *John Irving*
P3265. Galaxie foot. Dictionnaire rock, historique et politique du football, *Hubert Artus*
P3266. Patients, *Grand Corps Malade*
P3267. Les Tricheurs, *Jonathan Kellerman*
P3268. Dernier refrain à Ispahan
Naïri Nahapétian
P3269. Jamais vue, *Alafair Burke*
P3270. Homeland. La traque, *Andrew Kaplan*

P3271. Les Mots croisés du journal « Le Monde ». 80 grilles
Philippe Dupuis
P3272. Comment j'ai appris à lire, *Agnès Desarthe*
P3273. La Grande Embrouille, *Eduardo Mendoza*
P3274. Sauf miracle, bien sûr, *Thierry Bizot*
P3275. L'Excellence de nos aînés, *Ivy Compton-Burnett*
P3276. Le Docteur Thorne, *Anthony Trollope*
P3277. Le Colonel des Zouaves, *Olivier Cadiot*
P3278. Un privé à Tanger, *Emmanuel Hocquard*
P3279. Kind of blue, *Miles Corwin*
P3280. La fille qui avait de la neige dans les cheveux
Ninni Schulman
P3281. L'Archipel du Goulag, *Alexandre Soljénitsyne*
P3282. Moi, Giuseppina Verdi, *Karine Micard*
P3283. Les oies sauvages meurent à Mexico, *Patrick Mahé*
P3284. Le Pont invisible, *Julie Orringer*
P3285. Brèves de copies de bac
P3286. Trop de bonheur, *Alice Munro*
P3287. La Parade des anges, *Jennifer Egan*
P3288. Et mes secrets aussi, *Line Renaud*
P3289. La Lettre perdue, *Martin Hirsch*
P3290. Mes vies d'aventures. L'homme de la mer Rouge
Henry de Monfreid
P3291. Cruelle est la terre des frontières.
Rencontre insolite en Extrême-Orient, *Michel Jan*
P3292. Madame George, *Noëlle Châtelet*
P3293. Contrecoup, *Rachel Cusk*
P3294. L'Homme de Verdigi, *Patrice Franceschi*
P3295. Sept pépins de grenade, *Jane Bradley*
P3296. À qui se fier ?, *Peter Spiegelman*
P3297. Dernière conversation avec Lola Faye
Thomas H. Cook
P3298. Écoute-moi, Amirbar, *Álvaro Mutis*
P3299. Fin de cycle. Autopsie d'un système corrompu
Pierre Ballester
P3300. Canada, *Richard Ford*
P3301. Sulak, *Philippe Jaenada*
P3302. Le Garçon incassable, *Florence Seyvos*
P3303. Une enfance de Jésus, *J.M. Coetzee*
P3304. Berceuse, *Chuck Palahniuk*
P3305. L'Homme des hautes solitudes, *James Salter*
P3306. Sur la tombe de ma mère, *Jean Gab'1*
P3307. Le Pacte des vierges, *Vanessa Schneider*
P3308. Le Livre de Jonas, *Dan Chaon*
P3309. Guillaume et Nathalie, *Yanick Lahens*

P3310. Bacchus et moi, *Jay McInerney*
P3311. Plus haut que mes rêves, *Nicolas Hulot*
P3312. Cela devient cher d'être pauvre, *Martin Hirsch*
P3313. Sarkozy-Kadhafi. Histoire secrète d'une trahison *Catherine Graciet*
P3314. Le monde comme il me parle, *Olivier de Kersauson*
P3315. Techno Bobo, *Dominique Sylvain*
P3316. Première station avant l'abattoir, *Romain Slocombe*
P3317. Bien mal acquis, *Yrsa Sigurdardottir*
P3318. J'ai voulu oublier ce jour, *Laura Lippman*
P3319. La Fin du vandalisme, *Tom Drury*
P3320. Des femmes disparaissent, *Christian Garcin*
P3321. La Lucarne, *José Saramago*
P3322. Chansons. L'intégrale 1 (1967-1980), *Lou Reed*
P3323. Chansons. L'intégrale 2 (1982-2000), *Lou Reed*
P3324. Le Dictionnaire de Lemprière, *Lawrence Norfolk*
P3325. Le Divan de Staline, *Jean-Daniel Baltassat*
P3326. La Confrérie des moines volants, *Metin Arditi*
P3327. L'Échange des princesses, *Chantal Thomas*
P3328. Le Dernier Arbre, *Tim Gautreaux*
P3329. Le Cœur par effraction, *James Meek*
P3330. Le Justicier d'Athènes, *Petros Markaris*
P3331. La Solitude du manager, *Manuel Vázquez Montalbán*
P3332. Scènes de la vie d'acteur, *Denis Podalydès*
P3333. La vérité sort souvent de la bouche des enfants *Geneviève de la Bretesche*
P3334. Crazy Cock, *Henry Miller*
P3335. Soifs, *Marie-Claire Blais*
P3336. L'Œuvre de Dieu, la part du Diable, *John Irving*
P3337. Des voleurs comme nous, *Edward Anderson*
P3338. Nu dans le jardin d'Éden, *Harry Crews*
P3339. Une vérité si délicate, *John le Carré*
P3340. Le Corps humain, *Paolo Giordano*
P3341. Les Saisons de Louveplaine, *Cloé Korman*
P3342. Sept femmes, *Lydie Salvayre*
P3343. Les Remèdes du docteur Irabu, *Hideo Okuda*
P3344. Le Dernier Seigneur de Marsad, *Charif Majdalani*
P3345. Primo, *Maryline Desbiolles*
P3346. La plus belle histoire des femmes *Françoise Héritier, Michelle Perrot, Sylviane Agacinski, Nicole Bacharan*
P3347. Le Bidule de Dieu. Une histoire du pénis *Tom Hickman*
P3348. Le Grand Café des brèves de comptoir *Jean-Marie Gourio*